SELECTED POEMS OF
TIM LILBURN

利尔本诗选

[加拿大] 蒂姆·利尔本 ——— 著

赵 四 ——— 译

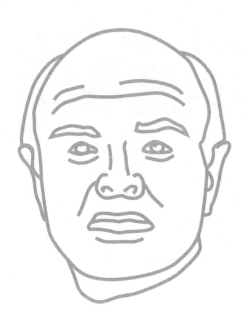

华东师范大学出版社
上海

华东师范大学出版社六点分社 策划

We acknowledge the support of the Canada Council for the Arts for this translation.
感谢加拿大艺术理事会对本书提供的翻译资助

主编 赵四

编委 赵四
大流士·莱比奥达(波兰)
雷纳托·桑多瓦尔(秘鲁)

写在前面的话（代序）
点点

1

荷马史诗，是一种"史记"的写作。用"荷马"来命名诗歌奖，与当今世界林林总总的诗歌奖相较，颇有一分古今之争的意味，也许这是欧洲人试图拯救诗歌传统的念想，至少象征一种对欧洲盛行历史虚无主义的抵御。

2

中国诗人喜好起笔名，于是汉语诗坛上有了一堆风生水起的笔名。每每谈及，几分怪诞，几分神秘。有一个女子，硕士班里 10 个同学，她恰好排行第四，于是诗坛上就多了一个笔名：赵四。

赵四，博士，诗人，编辑。热情，干练，率真。2017年，她受邀担任欧洲诗歌暨文艺"荷马奖章"评委会第一副主席，并萌生了将一些适合中国读者的获奖诗歌迻译成汉语的想法。于是，有了"荷马奖章桂冠诗人译丛"的问世。

赵四，这套诗歌译丛名副其实的主编，她遴选文本，联系版权，组织译者，并亲自参与翻译。她对汉译本诗集犹如她在《诗刊》做编辑及主持《当代国际诗坛》的工作一般认真把关。她自己写诗，自己译诗。一篇《译可译，非常译》

的文论是她多年译诗的串串心得,从中你可以感受到她的学养和历练。

3

瓦雷里(Paul Valery)曾言辞雷霆:是波德莱尔将法语从三百年只有散文(essai)而无诗的状态中解救了出来。瓦雷里实际上提出了现代诗歌的标准:将词的创造附着在现代性的个人经验之中。诗不是用念头写出来的,而是用词的节奏来传达表现的(马拉美语);直至诗人保罗·策兰(Paul Celan)在绝望中写下了《死亡赋格》的绝唱,哲学家阿多诺(T. W. Adorno)竟然能从策兰创造的词语中听到二战集中营"尸体"发出的尖叫声响!阿多诺在提醒诗人,诗不只是到语言为止……

有人言,现代诗歌始于波德莱尔,终于保罗·策兰。如今全球诗界同行大抵在不同的国度、不同的纬度、不同的时空,用不同的语言写着同一种诗歌,他(她)们相互取暖,彼此捧杀,这是当今中外诗人的残酷处境。

现代诗歌,崇尚启蒙运动的语言及语言的节奏,诗人的思想语法不断地制造出一种"政治正确"的趣味。精致和极端是现代诗歌的特质,宛如对自己施暴依旧保持着一种"哀雅"的风姿。精致的尽头,是自恋自虐自慰的欣赏;极端的反面,是枯竭平庸肤浅的释放。诗歌与诗人分裂了,诗歌的"美"与诗人的"德"分离了。

阅读现代诗歌,我们不仅需要保有一份热情和执著,也必须同时保持一份清醒、自觉。因为诗歌作为语言的皇冠,可以藏龙卧虎，但正因为是皇冠，也是藏垢纳污的好地方。

4

在自媒体泛滥的互动时代，AI机器人也开始写诗了，并且登上了银屏和舞台，诗人的桂冠逐渐被剥夺或取消了，诗人作为一种精神贵族的象征逐渐丧失梳理自己羽毛的能力，诗歌对人的"压迫"或"催眠"也终将被消解。

我曾向诗人萧开愚求问：诗歌死了？他的回答是肯定的。但他，他还在写作……我突然明白，诗歌的"葬礼"还在"进行式"中……出版以"荷马"命名的诗歌，是我们这一代人"怕"和"爱"的坚持，是我们一代人向"诗歌"行一个注目礼。

是为序。

授奖词

扎根于西方文化思想史上诗性冥思哲学传统和北美大陆的土著文化想象，多年来，蒂姆·利尔本的带着超验渴望和高难度技巧的诗歌写作不断地震惊读者并获得持续深化，那些仿佛被强力胶粘合在一起的语词有着令人瞠目结舌、目眩神迷的效果，形成了壮丽加拿大山川、河流、原野、海洋它们自己的惊人语词生活，诗人从事着独特的神秘主义—生态学想象特权的纸上沉思劳作，以此不懈地找寻、形成在殖民文化和土著的北美想象间展开更丰富对话的基础。这个坚持以诗歌为自己认知的实践和道路的诗人，将其极端的认识论贯彻进语言的命名行动中，更新着我们看世界的方式和"看"自身的本质，但同时了知再热切的观看也不能使事物被彻底了知。利尔本是当今英语语言中写着最富哲学意味、深刻吸引人和特立独行的诗篇的极少数卓越者中的一员，在诗性思想深度和诗歌技艺难度两方面的当今诗人楷模。

赵四　执笔

目 录

序一　欲望从未离开　艾莉森·考尔德········ 1
序二　2017 荷马奖章受奖答词　蒂姆·利尔本········ 1

《上帝之名》

上帝之名········ 3
　1. 爱在物之中心········ 3
　2. 绿色电路的我主········ 4
　3. 光之狼吞虎咽的眼········ 5
神显与论据········ 6

《狂喜路上的观光客》

南瓜········ 11
复活节清晨礼赞哺乳母羊、山羊的

　牲口棚········ 14
于一场弥撒中为世界之生命作敬拜呼召········ 17
伊罗兴为世界之生命嘲弄自己的形象········ 20
我向它鞠躬········ 22
农业的精神，1986········ 23

《鹿林沙丘》

在山中，看········ 33
沉思即悲悼········ 34

如何存在于当下········ 36

复位········ 41

《去那河》

掷········ 45

慢世界········ 46

不在场之在········ 52

疲惫之书········ 59

河········ 63

那里，靠近不能被听到之物········ 68

黑暗之歌········ 72

那里，你眠于你的道途········ 73

《杀戮现场》

安静，安静········ 83

它芳香四溢的视见之拳········ 85

杀戮现场········ 87

轰隆 轰隆 轰隆········ 99

伟大的无知········ 101

那儿········ 109

变形万物之书········ 111

等待史一章········ 114

等待········ 116

房子········ 118

夜········ 119

听········ 121

即便语词之光⸺123

对此当无语⸺125

现在，升起，现在⸺127

《俄耳甫斯政治学》

生病⸺133

俄耳甫斯赞美诗⸺135

对天使主义的手术⸺136

政治学⸺138

黏稠，流动⸺140

建国⸺141

毕达哥拉斯主义⸺143

神通⸺145

夜凝结在不上冻的走廊里⸺147

再见⸺148

这样，那么⸺149

有人在白泥河谷建起非凡篱笆⸺151

带阿维森纳来，让他唱⸺153

它在言说⸺155

神圣的苦难⸺157

伤痕⸺158

晚夏能量⸺159

冬季能量⸺160

《阿西尼博亚》

一个论点⸺165

乌龟山-------- 168

鲁珀特的土地-------- 170

伦弗鲁堡-------- 177

塔西斯，西北温哥华岛，语言说出的
　土地之边缘-------- 180

我们要做什么-------- 186

那么多东西依赖于-------- 188

《名字》

玛丽阿姨-------- 193

美丽墙-------- 195

西坡，苏克山-------- 196

玛丽河，米兰-------- 198

北方城市-------- 201

萨拉·里埃尔，女修道院，克罗西岛，1874 -------- 206

八月之末-------- 209

黑木屋-------- 210

兔子湖木屋，初读《道德经》之地-------- 212

走向吕斯布鲁克的诗-------- 213

皮阔斯组歌-------- 218

　半字组-------- 218

　贺婚喜歌-------- 220

　风，吃重缆绳中-------- 222

　错误-------- 224

　蜂鸟-------- 226

山-------- 227

附录

英文目录········ 231

作为气动力的诗歌　蒂姆·利尔本········ 236

跋：步出沉默　蒂姆·利尔本········ 246

序一 欲望从未离开[*]

艾莉森·考尔德

蒂姆·利尔本的诗歌应当一并提供给读者两种使用说明：要有勇气和放轻松。需保持勇气因为他的诗歌，第一眼看去，令人畏惧；放轻松因为，好吧，每页上都是漂亮语词。所以你不全然知道库萨的尼古拉[①]或保罗·策兰[②]这些人物是吗？那就放轻松听音乐吧。对于一部贝多芬交响曲的经验，一位古典音乐专家会不同于一位业余人士所有，但他们都可以欣赏音乐会。利尔本诗歌与此无异。他精雕细琢的思想深刻、艺术丰富的抒情诗，处理我们周围世界的基础性客体，同时，它们对某些自身语词不能表达自己的东西做出了姿态表达。其诗歌果实结合了世俗与神圣，在根本上坚持二者必要的共存。

---

[*] 该文作者是艾莉森·考尔德（Alison Calder）博士，她是利尔本的英语诗选《欲望从未离开》(*Desire Never Leaves*) 的编者，文章原是"诗选"的前言，无题，汉译用其"诗选"书名为题。

[①] Nicholas of Cusa (1401—1464)，库萨的尼古拉，神学家，西方哲学史上重要的哲学家。其哲学来源于新柏拉图学派，他从埃克哈特的哲学中继承了对立统一的思想，从伪狄奥尼修的著作中继承了否定神学的思想，将它们融汇为一个泛神论体系。他一生著述丰赡，最为人知的有《天主教的协调》《论有学识的无知》等。

[②] Paul Celan (1920—1970)，保罗·策兰，德语诗人，生于讲德语的犹太家庭，父母死于纳粹集中营。他本人历经磨难，于1948年定居巴黎。他以《死亡赋格》一诗震动战后德语诗坛，其后出版诗集多部，达到了令人瞩目的艺术高度，成为继里尔克之后最有影响力的德语诗人。

利尔本非常深入细致地进行"地方"书写，但他的诗未必能提供给读者们符合"北美大草原诗歌"期待的东西。一种北美大草原诗歌，受到克勒施（Robert Kroetsch）、库利（Dennis Cooley）和苏科纳斯基（Andy Suknaski）作品的强烈影响，用地方口语提供对大草原经验的记录。这种诗歌是叙事的、口语交谈式的，虽不总是，但往往是容易理解的。它也依赖于抒情叙事者的传统文学手法，一种坦承其所思所想的声音。另一种大草原诗歌，我想利尔本更多与之密切结盟，通过像苏米迦尔斯基（Anne Szumigalski）这样的作家传递，显现在兹维基（Jan Zwicky）的诗歌里，这些抒情诗吸收了范围广泛的主题和哲学、文学影响产生出多种声音的折衷混合。这两种诗歌的区别——约翰·迪尔（John Deere）对约翰·多恩（John Donne），比方说——在于一些人为的方法上，因为口语诗歌同样也吸收广泛的影响，更正式的诗歌也常常直接言说即时的大草原经验。然而，利尔本的诗使用的是不同于通常被称作"大草原"的文学传统，这样就要求一种不同的可写性方法。他没有给我们一个坚实的叙述者来使我们的阅读脚踩大地。他混合了霍普金斯（Gerard Manley Hopkins）的语言游戏和迪兰·托马斯（Dylan Thomas）的异想天开，将其全然钉在早期基督教神秘主义者和经典的希腊思想家提出的哲学问题上。他的作品始于大草原，但不终止于那里；他所关心的"地方"是经由对环境细节的密切关注而看到的更大的世界。利尔本是一个思想性的诗人，他研究解决关于关系的各种艰难问题，人和环境的关系，艺术家和神性的关系，无一要素能够彼此分离。他艰苦地工作，读者们也理应放点儿努力在他们的阅读中。他不是与"大草原书写"背道而驰，他是在拓展其范畴。

虽然利尔本的诗歌吸收产生自大草原以外遥远之地的宗教和哲学的语言，他的诗篇持续地坚持它们的"此在性"。它们尤其地有关于某些地方，这些地方的坐落之处需被周密仔细地观看。《居住在仿似家园的世界》，他散文集的书名，指向的正是与眼前现实环境的这种联结。但是"居住在这个世界"它到底意味着什么呢？究竟有什么躺着等在那个狡猾的措辞"仿似"里，等着将我们绊倒？

利尔本诗学的核心概念是厄洛斯（爱欲）和悲伤。厄洛斯，或欲之爱，是一个人对其所爱拥有的欲望。对利尔本来说，它也是一个人必去与内在于自然世界的神性在场相联结的欲望，要去抵达世界本质，抵其灵魂的欲望。悲伤来自于认识到这种联结之不可能——我们怎么可能懂得其他事物的本质天性呢？使一头鹿成为鹿的东西永远超越我们的理解力。这种表达不可表达之物的欲望是悠久的诗歌传统的一部分；事实上，有人可能会辩称正是出自这一欲望，诗歌发生了。想想隐喻、明喻。如果一个诗人写道"我的爱像一朵红红的玫瑰"，就像彭斯（Robbie Burns）所为，那话语严格说来不是事实，但我们知道诗人指的是什么。语词指向超越它们自身的一些东西，而同时保持了隐藏着的呈现出它们自己：既不是爱也不是玫瑰被充分地获致在纸面上。利尔本的隐喻常常是情欲的、感官的，在关于风景的写作中大概是出人意料的。但是在他对情欲语言的使用中，他追随着一个地位稳固的基督教神秘主义传统，他从11、12世纪的作家那里取来他的线索,像克莱尔沃的圣伯纳德①和玛洁里·肯普②那样的作家那里。像这些早期作家一样,利尔本与神性相联结的渴望被用坚固的身体性专门名词表达出来。他的诗中跳动着身体性和感官性的想象——视域、声音、气味,有时候融合成一个狂喜的通感经验。

利尔本的诗歌欲望得到什么呢?不外是恢复失去的与世界的合一,与内在于它的神性力量的合一。另一位大草原艺术家,米切尔(Joni Mitchell),暗示我们得回到乐园,利尔本错综复杂的精致诗歌试图掘通一条那样做的道路。但是在利尔本的思想中,我们永远也不会如我们所愿地终于了知世界。作为结果的悲伤激发我们不断地尝试去联结世界。如果我们不觉得悲伤,如果我们认为这一次我们实现了联结,那么我们就已经失败了。利尔本的诗歌就像是朝着一个你知道永远击不中的目标扔石头。不断地扔可能看起来很傻,但是逐渐地,如果你看向石头落地之处,你会辨识出一个模型,一个模糊的形状勾勒出了你的目标。你永远也无能去打到它,但是在你一次次不同的投掷中,你有可能发现接近它的不同的方法,甚至可能更靠近了一些。

---

① Bernard of Clairvaux(1090—1153),克莱尔沃的圣伯纳德,法国天主教教士、学者。1115 年创立克莱尔沃的西多会隐修院,后日益兴旺,分院众多。在神学上,他是神秘主义者,反对阿伯拉尔和布里西亚的阿诺德的唯理论。1146 年积极组织第二次十字军东征,1170 年被封圣。

② Margery Kemp(1373—1438),玛洁里·肯普,英国基督教神秘主义者,以《玛洁里·肯普之书》闻名,该书被认为是最早的英国自传文学作品。

认为一个人能够以语言包含世界是人天性中的骄傲自大。征服这种自负的关键，在利尔本看来，便是去懂得写一首诗，就像是用竹篮去打水。因为语言是如此地不完美，你永远也无能去说出你是什么意思，正如你绝不可能看见事物的真正本质。"草乃一面镜子，有明亮照临的云走进"，他于《在山中，看》一诗中写道。你能去看，但你的视像始终会是暗昧难明的。看清自然世界的真实面目就像要看清上帝的真实容貌——是不可能的。相信你能够做到随便哪个，然后你能将这视像以语言表达清楚，是会导致欲图"命令"自然世界的傲慢行为（《居住在……》）。相反，利尔本论辩道，"每一事物都超出其名……世界之神秘①是'那不在场的'之神显"（《居住在……》）。"鹿"一词，是关于鹿的人类观念，不是鹿本身。如一句佛家箴言所言，"手指指月，指非月"②。将艺术家的语言与世界相混淆是妄自尊大的行为。为避免自大，请明了你的局限。世界本身永远超越它们。我想，世界的过度本性是出现在利尔本诗歌中的隐喻泛滥如洪水的一个原因。一只鹿的身体是"一条边境通道、一堵墙、一阵芬芳"（《沉思即悲悼》），南瓜们是"大地阉猪"，"毕灵普上校款③普鲁士将军们"，"菜园德国佬腊肠"，"金色的齐

---

① mysterium，德语词。谜一般的神秘、奥秘。
② 典出禅宗六祖慧能。慧能点化比丘尼无尽藏，他说，真理犹如天上的明月，文字只是用来指月的手指。手指可以指向明月，但手指绝非明月本身，看明月也不一定非用手指不可。
③ blimpish，该词意为：高傲无知又极端保守、极端民族主义的，爱国情操溢于言表的……汉译无法处理，只得采用音译。音译词"毕灵普"也是英国报章漫画人物，因而该词可译作"毕灵普上校式的"。

柏林飞艇"（《南瓜》）。一次又一次，他扔出石头，那隐喻，每一次走近了一点。悲伤：但是随后他再度尝试。

在《居住在仿似家园的世界》里，利尔本争辩反对将人类自我投射于世界，反对一个将世界仅视作人类活动背景的人类中心主义世界观。相反，他呼吁一种力图不盗用世界而是与之并立的"诗性关注"。那么，怎么做呢？利尔本求助于苦行和冥想实践。剥除了作为身外之物的世界，诗人使自己脱离各种纷扰，试着倒空自己，这样他便可以接受世界不得不给予他的东西。对利尔本来说，沉思大草原景象至关重要。大草原被表达为一个最低限度景观，已被铲削成无蔽的最本质的东西。在某种意义上，它充当了沉思诗人的榜样：没有西海岸夸张繁盛的绿，或南安大略忙碌的高速公路，大草原显露其骨并鼓励诗人也这样做。早期的沙漠教父们离家去到沙漠中寻找上帝。沉思大草原景象使得利尔本相似的聚积自我成为可能，一种他称之为"关注之浓度"的聚积。这一密集的关注，不带有任何表面纷扰的印记，正是诗人所需要的。

沉思，观看的行动，标记了利尔本绝大多数的写作。一个人可以以多种方式观看世界。一个作家可以看向大草原并仅仅在实用性方面看见它，它怎样是经济术语中的"有利于"，它如何能被人类利用。以一种相关的方式，作家可以去观看它并仅仅看到从中反映出的她自己。这里，大草原的存在提供给她一个机会去雄辩狂热地言说，卖弄她自己的小聪明，以此来增强她的诗人身份。这样一种盗用的注目，利尔本多将之与浪漫式写作相联系，从来未能真正地理解世界，因为它只看到它自己；它就好似将土地仅仅作为一面反映人类成就和权力的镜子。有人可以提出有力的论点，自欧洲人到来的那一刻起，这种看世界的方式便已然内在于我们对加拿大大草原的理解。利尔本提出了另一种看的方式，立基于谦恭而非自我，来替代这种操控的、人类中心的看。他写道，"凝视是最好、最真的，当它植根于尊重和关注的姿态中。这一态度必须被培养。这种养成的文化是禁欲主义的也是一种有知的文化。它包括服从于被缴械，承担事物的沉默，承担那些从未被真正看见的事物，草叶，鼠尾草，地衣……的边缘性和匿名性。"（《居住在……》）

真正看见大草原是利尔本主要的心念之所在。在诗集《去那河》开篇的第一首诗《掷》的开头，我们读到，"放下，那闪闪发光的玻璃"，这里的玻璃既是对河之反射的唤起，也是一面读者必须试着撇到一旁去的镜子，这样就看不见他或她自己的镜像了，而是自然世界真实的面貌。诗人也须试着将这带有自我印记的关切搁到一边。语词能够试图超越物质世界接近那超自然的，但诗歌语言是一个笨重的代码，只能尝试去接近神性而不能真正捕捉到它。"我居于一洞，再难耐受。"《不在场之在》的发语人在第三部分诗中写道，提醒读者们我们是泥土所造的必死者，最终，粉碎于大地。

细读一段利尔本的诗能够阐明一些有帮助的概念。这是《不在场之在》中的一个部分：

> 你很好　但草中没有给你的金发碧眼唱盘，绝无，

> 无光
> 之骨，无愚蠢但闪亮的可理解性，纯真新娘
> 之小嗜好或腺体，绝无，没什么给你的，草耙中。
> 夜之冰川
> 从事物们的中心挤出，缺席的坚硬桧柏。
> 你孤独存世：那河松弛的肉体
> 是无政府主义的，那水披覆无知之羽，
> 一面危险的镜子使你的脸成为"黑"甩其发。

无论那个沉思的诗人有多"好"，他/她都得不到回报。世界不变地保持着难以理解、无政府状态，且没有秩序，任何模式结果都是"危险的镜子"，观看者于其中见的是他或她自己的脸。也许这里有一种秩序，但是作为人的诗人，抓不住它。再次，我们在这里也有了极端他者性的概念。世界不带有一个使人舒服的整一性；诗人在大地上并不处身家园中。相反，自然似乎扣留着自己脱离开他，像桧柏保持着"缺席的坚硬"。"事物们的中心"，不是暴露出自己，而是保持着黑暗、寒冷，一座"夜之冰川"。利尔本在敲门，但是没有谁来应门。

利尔本想象中的与大地行联结的爱欲特质，在他的"纯真新娘"措辞中为人识见，这一用语乃从基督教神秘主义传统的语言中继承而来。我们看到出现在利尔本写作中的一种"地方诗学"立基于否定神学：诗人看不到神性是什么，只能看到它不是什么。沉思和苦行实践因而不是去往一个终点的方法。而是，重要性在于它们是过程，经由这些过程观看

者自身变得谦卑，从而明白它们"无能彻底理解神性"的局限范围。试图抓住一个神性存在总是会落得失败的结果，而观看者总是会落得"孤存于世"，意识到那鸿沟仍存在于他们和他们的欲望对象之间。

利尔本的写作强调掌握住自然世界的经验之不可能，但是对于他，这一渴望的结果并非是疏离。诺瑞丝（Kathleen Norris），来自南达科他的另一位冥想诗人，写道"甘心情愿地拥抱沙漠培育出现实主义，而非绝望"。沉思诗人的凝视，被对世界的深刻的爱所驱使，不会变得疏离，诗人不会调转身体背向世界，而是会以更新了的欲望继续寻求。这一欲望始终贯穿存在于利尔本的所有写作中。他的爱是无回报和持续更新的。诺瑞丝写道，"一个人可以永远站着观看这变化中的大地和天空……当我还是个孩子时，我想要待在户外，变成天空之下人类以外的某物"①。与"人类以外的某物"相联结的欲望标记着利尔本的诗歌。在《不在场之在》中他联系起渴望与安慰：

> 雁在水上，在败坏的光中闪动，某物从另一侧
> 推挤过来；是欲望，
> 一道光环绕舌头，世界之后的
> 世界，如果那词被觅得，一座花园便会显现。
> 在事物中闪光的是座山，它不可能被噙在嘴里。

---

① 该节中引语出自凯瑟琳·诺瑞丝：《达科他：精神地理》（波士顿：Houghton Mifflin, 1993），第11、178页。

但什么是那"某物"？什么"闪动"，什么"闪光"，仅仅在碎片中瞥见，就足够告诉你那某物在那儿？这里沉思诗人的任务开启了那个重要的词"如果"，这个词同时包含着狂喜于有可能和认识到会失败。

利尔本的诗歌在深刻的意义上是政治性的。我甚至认为他提出了极端的挑战，对有关于大草原的定见：视其为某种可用之物。毕竟，在以欧洲人为基础的农业实践到达此地之前，"北美大草原"作为一个概念是不存在的。我们以之思考这地方的方式本身就不可分割地绑定于农业实践。这样一种想象那地方的方式，希尔兹（Rob Shields）称作的"社会空间化"，深刻地联系着经济、殖民和这样的观点：存在着大草原，因此人们可以通过在那儿长育东西而挣钱。大草原最持久的象征形象：绿色谷仓，是独特的经济体系的纪念碑。土地不用来耕作或放牧便是浪费的土地。没有任何内在之恶在"阿尔伯塔恶土"中，例如，我们仍然这样称呼它们，显示出大草原文化内在化这一特殊观念形态所达到的程度，以至于它看起来是自然的。

利尔本提出的这种沉思的关注挑战了这一占用观。"你不会真正看见石头，如果你相信按你的意愿与之打交道的世界是你的"，他写道（《居住在……》）。农业并没有任何本质上的错误，但如果农业视角变成了看待地貌的唯一方式则是有问题的。利尔本的写作通过近距离聚焦诗歌过程而非诗歌成就对消费文化自恋的世界观提出了一种含蓄的批评。这并不是说诗歌本身不是一种成就——它当然是——而是说它不记录蒙恩启迪殊荣的时刻。"沉思的知识不是扫过一个人周身的一种感觉，一种放松，一种安宁，不是对一个人浪漫渴望之狂热不羁、精力旺盛的华兹华斯对等物的回报。对那鹿或山岭的沉思的知识必汇集有二者皆不能被了知的坚信"，他写道（《居住在……》）。浪漫的努力（依利尔本的观点）结果会产生一种对世界的舒适感，利尔本的书写从不以这种方式去占有世界本身。出现在他的散文集书名《居住在仿似家园的世界》中的，就是那两个重要的字"仿似"，产出自这种不确定性的诗歌定位于过程，记录下诗性关注，对向击不中的目标反复投掷石头的诗性关注，而非试图界定一种经验。利尔本的诗集《去那河》便是这种记录的一个例子：诗人-叙述者不断地寻找那河，但永远到达不了那里。他不断地被自己笨拙地试图抵达谦卑化，只能等待它可能在一些闪烁时刻显露出它自己。写作的行为因此总是谦卑的，提醒诗人他/她没有能力去表达那"在事物中闪光的"。悖论在于正是在这种喑哑中存在着启示。

序二　2017荷马奖章受奖答词

蒂姆·利尔本　赵四　译

感谢赵四授奖词中所言。也请转致我对奖章评委会授奖予我的谢意。

列身奖章得主行列是我的荣幸，这一行列中既已有托马斯·温茨洛瓦（Tomas Venclova）和阿涛·贝赫拉姆格鲁（Ataol Behramoglu）这样的诗人。

对诗人来说，即便在最好的时代，某些诗人也可能会对他们的工作感到有点尴尬。做个诗人看上去像犯了时代错误或在装模作样。我们身处一个诗人们对其所为尤有内心冲突的历史时刻——在气候变迁、法西斯主义崛起、必须去殖民化、与原住民和解等问题面前，诗歌看似如此地无能为力。现在有些诗人不禁认为应当把诗搁到一边，求助于行动主义，或者应当让他们的诗公然地政治化，变为一页页的公告和声讨檄文。美看似在回避政治责任，是种精英主义，是种回避介入的特权形式，因而是对非正义的掩饰和唆使。

但是我们不该这么快地走极端抛弃诗歌，即便糟糕的是，时代喜欢这样。我总爱回顾巴勃罗·聂鲁达的例子，尤其是他在其伟大作品《漫歌集》和其中一些长诗《伐木者醒来吧》《马丘比丘之巅》中所欲为之事。聂鲁达是在逃离他的时代之智利独裁统治、流亡墨西哥期间写下了该书的绝大部分。他视这些诗作，尤其是《伐木者醒来吧》为在

20世纪40年代的西半球阻止出现欧洲极权主义的重要方法。那时住在墨西哥的聂鲁达从伟大的壁画家迭戈·里维拉处学到了许多东西。他学自后者：如果你给出巨大的社会、历史全景式描绘，你将会解放人民，赋予他们力量感。他们看着先前四分五裂的政治、经济图景在眼前全面铺开，被置入形式中，他们便会相对不再胆怯，较少迷惑和被意识形态施以魔咒。他也从墨西哥壁画家们那里学到热爱微小和独异。在全景视野里、于细节中描绘独特生命，你便能在你的读者中创造出爱与同情，帮助建起尊重与文明的联邦。这便是聂鲁达所习得并尝试在其诗歌中所实践的一些东西。

我相信诗歌创制自己的行动是一台冥想的发动机，因此它能够有深刻的社会影响。关注长育出谦恭、对新与异之事物的开放接受。因此诗歌并不居留于社会的边缘；它并不是生活和政治的一个附加物。它居于两者各自的中心；以其同情、想象力、叙述范围，以它对美丽、捕获人心之模式的惊异效果的承诺，它创造出政治的中心。

因而我奉告一室诗人：不懈集结你的片断，孵化惊人隐喻，运作起动力机制，直到那穿透力见证了物与其观看者双双被解放的抒情诗歌、一切诗歌的产出。

《上帝之名》

上帝之名

为耶稣会士威廉·克拉克①作

1. 爱在物之中心

在物质的神恩派之芯,一个火之风的
变迁渊深里,喜乐的离心机,
是你,爱,一只肺
泵送出光,三价金的风咆
膨胀我颅骨原煤中的眼。

咝咝咝咝咝咝。我的血流和骨头中点听见火
在凿挖火焰的内脸。此其言说。
"梳妆起来,新娘,在你血的褐红气体里,
氧气羽毛轻敲每一蓝骨;欲望的合成克拉
穿线红色指关节;
飞蛾掠过,神风突击队之心,爆炸得
更广大,更广大在领袖魅力之光辉的吸吞中。"

---

① William Clarke,威廉·克拉克,诗人利尔本早年身为耶稣会士时的导师。

2. 绿色电路的我主

平安,我主。 愿你平安。
你在这儿
因我的神经键之鞭,火星迸射
像闪电滚滚的一众柳树,
你在肿瘤凸起的气旋风暴之悸动里,
你对我穿钢靴的神经吠叫以风
舞动它们如使埃尘突奔的种马。

雨的赛手们向大地
搭下火棚架。你乘嘶嘶响的火焰,
绿色电路的我主,
去到叶绿素电流漾爱情汁液的爵士乐
去到盈盈闪光的向日葵,猩红,橙黄。

你活着,啊,你
一直活到不能弯曲在一个女人耳朵洞穴的难题里,
有色的云
按压进头脑的白色风暴。

3. 光之狼吞虎咽的眼

哦，营养丰富的黑暗，哦，空空如也的云，
你在我的废墟里拖拽，压缩它
进你心令人惊叹的抓牢中
直至乌有。

光朝着你旋绕，一个消失的点，
在那儿完满使你缺席；朝着你
旋绕，将自己拧紧
到它的影子芯里，
让它的插孔吃掉它。哦，黑暗的地心引力，我们强烈谴责
这同类相食，
尽管微光闪烁的颗粒们
随油腻腻的偏执狂蜂拥而来。

我，此刻，感到那吸力，光
之潮汐耙梳骨头，解开
一个个思想和感情的结点，
直到我向"我所不知"吹哨叫停，
耳朵内爆，
乘明晃晃一箭自我
射进你那内双的、黄金碎裂的眼。

神显与论据

受赐福的所有小巧玲珑、整洁的山羊们,佩"肯塔基上校"
  蝶形领结坠
在绝对稀里糊涂中派对帽之角长啊长,看!它们
被谷仓墙弹飞。　　受赐福的。
　　　　　　　　　　　受赐福的跳跃之欣快。

受赐福的。　　受赐福的。
受赐福的红,猪的银行家之眼,
还有浣熊,夜晚,在城市,
　　　　　亲吻三四只意大利番茄脸上熟透的红光满面。

受赐福的火
污泥气味,根的奇迹
智慧花蜜,能用一只耳朵听到的
厚唇郁金香喋喋不休大嘴巴的无稽之谈。
受赐福的,受赐福的。
　　　　　　　　受赐福的猛冲之心,鳟鱼的神显冲动,
在断夜处理中,被池塘仰望的眼重重镀银。
受赐福的眼。
受赐福的所有"看"的神圣动作。
还有受赐福的瀑(患)布(白)激(内)溅(障)① 的石

---

① cataracted,其名词形式 cataract 在英语中是个多义词,有"大瀑布""奔流""白内障"等义,诗人此处用该词明显有双关暗示,故借当前网络语言形式试作双关呈现。

头，它们不看，从来不看。受赐福的
石头们，盲眼，内向，修院默立，在牧场角落里扎堆，
　老人们，
　　　　　远古先知，禁欲，悲观，梦想着真金，吟诵
一魔力"唵"字
和我唱诗班男孩其口大张的椭圆嘴对口型
受赐福的存在，大腹便便的存在，以鸟鸣为关节、腿脚
　优雅的
存在，有山羊蹦脉搏的神圣舞者，和它神圣的风暴
新陈代谢，神圣舞者，在勃起的元音，茎、脊、缝之我上，
跳吉特巴舞，
　　　　　阴茎崇拜的元音，总在耀武扬威地自我宣示。
受赐福的，受赐福的存在和其神圣多多益善法则，它的
　强行推进，
　　　　　　　福乐花的紫红欲望强行推进，
受赐福的眼之满足，满眼是松鼠皮的
内行鉴赏威胁。
受赐福的。　受赐福的。
　　　受赐福的"我发现了"和乡巴佬乌拉

还有，不可避免地，甄别。
并非星辰或鱼眼，或火，而是
与每一闪光的例证
同质的我那圣爱的想象力
它是世界性的光，泛-闪光的智力尖端；

是震惊非常的点,光之极致,
       燃烧在我头脑中,
战栗,一个敬畏耳耳相传,
渐慢,内部,世界终结于蒙娜丽莎的微笑。

带着入定了的分子,人化了的光,
    拴住生命的跳动心脏
之力量迸发出的精神,我已合体暹罗人,
好吧,神思间,
同宗血亲,一个相互补足的虚构。

让国王熵以厌倦之指尖捋座座郊庙。
让穿商务套装的最佳从恐惧的布道中走空
渴求的貂皮大衣敲醒激情又再夫纲收束它为决定
直到身体在既定被编卡的呼救线索前
随一道道德散光而退缩。我听到重力的圣歌誓言
为兄弟友爱的石头们在泥土的教友之家里所唱,
那在十字路口停下的脚步之下,散乱的街道之下,
而我在我的重量之信实慈爱中被感恩唱颂为真为圣,
 被核子的拥抱
爱至进到此处,在喧闹的晕头转向中被赋予身体 感到
 骄傲。

《狂喜路上的观光客》

南 瓜

嗡姆吧　嗡姆吧　嗡姆吧，长胖长胖
在柄上，收紧肚带的低音号，噗胀胀像长篇大论的议会
　　党人，
嘣姆吧　嘣～姆吧　嘣～～姆吧，
大地阉猪们吧嗒吧嗒吃太阳泔水，
下颌打着光子脂肪嗝，更大，更大，菜园大象，
欢快得像圣方济各，和佛陀肚太阳
海豚宝贝儿，跳舞（砰），跳舞（砰，
崩磅，砰，崩磅），夸张得像郊野
顽童，呀唬吼出一团踹打
空气的黄。无邪。它们有苏格拉底
丑，上帝开的玩笑。哦，江湖艺人，哦，大肚笑得
撼动菜园朝野，哦，我的毕灵普上校款①普鲁士
将军们，哦，菜园德国佬腊肠，金色的齐柏林飞艇。咋整？
　　咋整？咋整？

嘟嘀嘟，嘀嘟唔。
这么一个暴民，来些爆裂，
来些歌，在九月的心慌意乱里

---

　　① 参阅《序：欲望从未离开》注释。

太阳,向燃得像个大酒店的太阳献上白痴赞美,

向太阳,可怕的果肉裹着闷哼的皮,火焰播下的种。

大力水手,宝贝儿们,膘肥体壮的水果,

自小胳膊藤蔓处弯折的咕噜声声的活力中了风,

在山丘上自我掂重,在半英亩里

铅球推动。

咔咯-咔咯咯。　　你好吗,

我的甜心们,快乐家伙,我的小东西们,我的呸呸们,

好吗?

我,除草农夫,我,卡鲁索①

唱醒它们在黎明,阳光里的乌鸦

铙钹锜锵的清晨

而它们布伦希尔德②归来,支支雾笛,膨胀的女中音标记

巴洛克式心花怒放。

不是草耙的牙,不是杀虫剂,而是爱,

这些传开的、忙碌的、得福的生命监房,大谷仓,

强吸光的,淡漠泛滥

如柏拉图的理式,意义的

---

① Caruso (1873—1921),恩里科·卡鲁索,意大利歌唱家、歌剧演员,有人认为他是人类有史以来最伟大的男高音,或说比帕瓦罗蒂更伟大。

② Brunhilde,布伦希尔德,北欧神话中的女武神,人类国王布德利的女儿。是北欧英雄传说《沃尔松格传》和冰岛史诗《埃达》中的主要角色。她以同样的名字出现在日耳曼史诗故事《尼伯龙根之歌》和瓦格纳的歌剧《尼伯龙根的指环》中。

复活节岛肉块，滚动的颗颗脑袋
在我六岁的噩梦中，
蔬菜在个带球铁链上，太阳铁砧
迸击出温度的阵阵风吹。

来吧，现象，光的葫芦串，教给我
你欢快的世界语，你热切的阿基米德
黄啊哈，着粪靴的农奴，他的没耙锄过的大脑，
园中最明亮的水果，
母牛脸花椰菜们的人人教会，
黄瓜闪闪亮，只只蔻丹脚趾，而你，
小丑王子，
骚乱情节的太阳皇太子。

复活节清晨礼赞哺乳母羊、山羊的牲口棚

嘛卟,嘛卟,嘛卟,吽示,吽示,乳房,宝贝们,
我想对你们说。 我要正正经经给你们传福音

       就像约翰·迪芬贝克①讲法语。
闪了我眼的是闪亮在你们活泼、带骨缝的、踢踏舞腿上
 的光,
硕大的蓝色乳房 膝盖勺弯,
 穿着憋死人的战时衣装,肉身的小明星得得小跑敏捷爽利
我们的赞美词:慈悲与爱之所②。
也就是今天牛奶的高灵之主从其意愿之紧握中
挤出仿似生命之物。冒牌驯鹿,上场。

我还要对你们说
看那金发麦秆上的光。
上帝脑袋的大能,第一次为新神学家西默盎③所见,西元

---

① John Diefenbaker(1895—1979),约翰·迪芬贝克,第 13 任加拿大总理,德裔。早年是人权律师,后从政,1957 年成为总理,组成了 22 年来第一届加拿大保守党政府,1963 年辞职。他始终坚持加拿大是一个民族的观点、为个人平等权利奋斗,这与法裔加拿大人认为加拿大是两个民族协调的结果之看法不同。

② Ubi caritas et amor. 拉丁文。

③ Simeon the New Theologian,新神学家西默盎(949—1022),拜占庭基督教修士、诗人,和使徒约翰、拿撒勒的圣贵格利一道被东正教会封圣的三圣徒之第三位,所获封号为"神学家"。该封号不具有现代神学研究的学术意味,而是确认其言说来自个人所经历的上帝显像。

1000 年,

阿索斯山,此时此地,小天使屁股亮堂堂,来自铺盖的

               曲线温暖。

天堂王国会被比作什么?

我说那会像深草丛的女性气质

那里新观点的传播者

在畜棚地板的昨日刮擦中绿幽幽弧行,含糊其辞,

但不失为,似羊鞭之紫罗兰。

它也会像那只山羊,它偷了

来自牧人铅笔下的这首诗,突然,立起在

它的潘之山羊腿笑话上,粉红牙齿嚼着诗,而后,耳朵后
 竖,走开

            像支莫扎特的笛子。

想想公羊群。

教义学者们,神秘地茂密,如时装模特们,

永远抓牢他们记忆中的身体,

  冲令人赞叹的肉身眨巴眼,咚地跪下,

         喊出上帝之名。

他们既不劳作也不吐丝纺线

然而万军之耶和华以生气勃勃的雄性大梦击震它们拔高长
 个儿

同时向它们献媚的黄色犄角每年吐露一丁点儿认可。

小号家伙们，不思考世界。
那里购物大厦的贪欲促销标牌羞辱厄洛斯，
       然后是必然为真地打盹，阿门。
听着，我现在去小羔羊棚
到那里向它们嘴唇的掌声布道
五股奶汁
涌流出喂奶桶的黑色乳突眼。

那里它们的缠结外衣毛发竖立如立于洞见狂喜的陀思妥耶夫
 斯基
它们的耳朵回耷如一高个女人晕倒在爱里，
在那儿它们理当知道我，我
是以吆喝咯吱它们扑通跳的臭鼬尾巴的人，
像妈妈，
在《以赛亚》62：4—5中，
我是，上帝之妻。

于一场弥撒中为世界之生命作敬拜呼召

来,欲望满怀的你;来,六根清净的你

  还有皇家范儿、端着被医生狂爱的镇定劲儿的你。

来,气冲冲等着的你。

来,眉饰珠宝、带着天灵盖痛 吃

  世界——光明的精神食粮——的你。

含泪播种的你,来。

  来吧,在风儿闹嚷的达科他①咚咚撞青贮塔墙的不稳定的钛脑袋

之丁当-塔帕-当啷中 聆听的无眠的你们

  听你们自己的喋喋不休的死之精神说唱,来吧;

  现在就来。

来,所有被热恋冲昏头脑的人。

来,你这鬼怪萦绕的哈姆雷特。

让监狱空空

让骗子们前来,让衣袖涎垂的

    判两年少一天的瘾君子们前来。

来,在按揭百分之二十的房里的父亲们,他们耻辱的

  手燃烧在眼睛喷"啊"的女儿们的胸部。

---

 ① Dakota,达科他,美国过去一地区名,现在分为南、北达科他州。亦有印第安民族达科他人。

来。让那些电子锁得解放。

来吧,危险的家伙们,你们眼见所有融进空气的固体
融进了"听"这些夸夸其谈的允诺。
来吧,从站着的多纳圈,从路之尽旅馆里来。
来,你们,眼之亚美利加的韦斯普奇①们。
来,就在此时此地,来到和平之土和它们那些双手上扬的
　　　　　　　　　　　　　　　白色半岛,和平女神。

你们,罕见的语言跳跃的拿但业②们,来吧。
夜朝我们吞吃过来,它那满是血的靴子。
死去的奥尔登③,诗人,来,从夜那边过来,你乖戾笑声的
　不在人间的干咳
像啃咬礁石的大海投喂巨兽之声,你的烟之脸,
　　你被玩家牌细切烟丝的碎断金环模糊了轮廓的脑袋,
　　来吧。

威廉兄弟④,画画的,前乌克兰狂人,来吧,羞怯前来,着

---

① Vespucci,亚美利哥·韦斯普奇(Amerigo Vespucci, 1454—1512),意大利商人、银行家、航海家、探险家、旅行家,美洲即是以他的名字命名的。

② Nathaniel,拿但业,耶稣门徒。《约翰福音》1:47 中耶稣曾说他:"看哪,这是个真以色列人,他心里是没有诡诈的。"

③ Alden,奥尔登·诺兰(Alden Albert Nowlan, 1933—1983),加拿大诗人、小说家、戏剧家。

④ Brother William,指加拿大艺术家、作家威廉·库瑞利克(William Kurelek, 1927—1977)。其作品所受影响多为:童年大草原生活、乌克兰-加拿大族源、与精神疾病的斗争和皈依罗马天主教的经历。

长袍，携鸟群。

来呀，带伤疤的女人。

来，街区后咕咕哝哝的人，趿拉着你的报纸鞋

    从高跟的、愈合良好的、颧骨迪奥化的街道过来。

从二手别墅过来，甜甜圈先生，疗养院，吊水桶。

来，孩子们从劣质视频过来，你们的手充满

  假动作的奇迹渴望，渴望使劲推那机器出离呼啸声外。

来，你，相信血肉栅栏之麦当劳金 M

  是所有形而上学之遗迹，M 的黄金永久废墟的你，

    在那金渣背后的是无，

      夜之无，只活在它对你的恨之无政府主义的

        纯粹冲动里，仅是夜，

          被炸裂在车流闪烁的防风玻璃上的

            昆虫淤血粘黏的夜。

来吧，转身，来；从闲逛街头的无爱轿车上崩落的螺栓，

    烟之狗袅袅摇疲累之尾。

来，有孩子和没孩子的你

还有把你看护的那些自我当孩子的你。

来到无言上帝屏住的呼吸里，那个，

        以敬畏蒙其面的，正看着你。

伊罗兴*为世界之生命嘲弄自己的形象

你们依附于我吗。我憎恶你们的供奉,鄙视你们的庆典。
我尴尬于你们的海伦·斯坦纳·莱斯①样貌
     在神圣艺术的冰激凌勺曲线上发胖。
拉下地中海的性爱虔敬到甜点长牙的感觉中。
你们"喜爱"我吗。我不会带走你们的痛苦。

裹起被洁白与青春绑定的美丽头脑
当它为唤醒权能之父们,细长地长至骨头。
       打开美丽的头脑。
取回所有截断肢。
想到我时,悔恨并色欲呼喊,
 云界老头子,
他古怪的山羊胡,农村少年或自恋狂的身体,涟漪
  漾进一个法西斯主义者的指尖,更多是肌肉凸凹
       而非蘑菇云一朵。
也忘记那小羔羊,雄隐喻,那没腹股沟的、中产阶级耶稣
和他的复活节彩蛋,糖果店橱窗媚眼

---

* Elohim,伊罗兴,希伯来圣经中"神"的音译,从"El"而来,复数形式,表示一种"华美的众数",是神的一个普通称号。
① Helen Steiner Rice(1900—1981),海伦·斯坦纳·莱斯,写作宗教和励志诗歌的美国作家。

扫过他眉毛的十字形横木。

如果你路遇此一基督，

干掉他。

你想去爱吗？你要去爱吗？

离开爱。爱空无。

生命幽黯；生命幽黯在

被骨头操控的三刃词劈为两半的震惊心脏的无地里

            生命

在精神和灵魂间的拐点处幽黯着。

它是看不见的大陆，掠过喜爱之欧洲边缘，

喜爱宣告自己乃一百种联盟，其外散雪松木香，

内携种满延龄草、豚草的巨大浮动苗圃。它

是无垠的空无之绿色芬芳，柔顺的黑暗，

它绘自己的地形图于脑中，以在内陆交配的想象动物的

叫喊声之笔。

从脖颈摘环十字架；还脖颈为光裸的脖颈。

避开那个用根棍子掖衬衫的新柏拉图人。

忘记那笑容满面的呣～～～～、嗯～～～～，

忘记总体健康的梦，永久性之梦。

爱人，遇我在关节和骨髓之间。

我向它鞠躬

   大地,大地,大地,石头长叶,色彩青蓝,诚实,
带着长傻大个的谷仓狂热笨拙地趋神而行,死者的圣骨匣,
              死者
在它的怀抱中麇集花束,向死而唱的石头,
可爱的,马匹感觉的,
虔诚的大地,嵌饰死者珠宝,大地,
大地,为狗所崇拜,智慧之眠雄心满怀,反抗火,具歌剧女
 主胖的
  才智,具大《以赛亚书》般紫色韵律,缓慢地
呼出它自身,大地,胡峰牧场,拖一条水
  之影,唱风的蹦床跳,移行,首先是任蜜蜂穿花织锦的
   胸,闪亮在大地吨位之黑沉光线中,敞亮在其吨位的
  黑沉光线中,土豆腱鞘肿的,
明亮之黑,铺展蔓延。

农业的精神,1986

为路易莎作①

1

谷仓灯

　　巨大　如释义教宗无误论之时的
　　特伦托大公会议②上的金屋穹顶,快乐的拳头状身体,
　　而后,升起在优雅的专家们之上,像触地得分时的一声
　　　体育场吼叫

　　　　　　　　　　　　　　　　　　　　　　　　　　灯
愉快得像富人的肚子,暑热和波涌的金热量
洋溢在海市蜃楼的论辩方向之上,语言的明亮阴影,
混浊之眼撑不起红衣主教的显赫,塔立谷仓上的
　　晨灯,现在,
　　当农场的前肢酣睡,这灯
穿在山羊的身上像是它们身体更公众的部分,
像我们穿上了情感的凶猛祖灵,走动时
许是只只毛发疯狂发光的圣体匣。

---

① Louisa,路易莎,诗人的前女友。
② Council of Trent,特伦托大公会议,指 1545 至 1563 年期间在意大利特伦托召开的旨在回应新教威胁的罗马天主教会议。

2

谷仓突然间像一个马戏团之家
自己爬升起来,圈绳
     为网,网
   为横梁,干草钩
是铁钉之珠峰,某头孤单公羊后腰的枝形吊灯晃荡如
       一只自由、
失重之手
自我欢呼的莱布尼茨诸世界,"不可能
是任何其他方式"的架构,宜于对小提琴们俯耳一听,
宜于众海鸥攀越横谷峰 如神之思攀爬一女孩的大腿。

3

你这快歇斯底里的人,看
那石头
它回头看你,像你父亲。

4

农场濒死。
农场穿着它们心神不宁的稻草曳足而行,扔掉它们的机械关
   联,巷道
长笛声声,多肉的,蔬菜耳
呼扇着可怕的愚蠢,
半数男人,一个半男人,震惊于农场之死的暗射线。
沉眠之苍灰大地。
农场间有谣言流传
在西方有块土地
它们必去赴死之地,
那里印第安人已悉逝,梦的土地,
逝去之骨仍在油脂沼地发梦,去
躺下,巷道:怀抱爱的巷子结束于"去",
以墓为发覆面的农人沉睡在它们背上的
拖拉机象轿中,在许多个挤奶前的
清晨,我都看见它们移动向
那块土地,如山丘
移行。

5

光像一只黄金耳,像牌匾天使们保存下死者的一个个右肩
　　在老印刷品中,光,一个地中海男孩的胸延展在
　　　　　　　　执弓臂的
回拉里,弓尖
在皇家烟火组曲的音乐里,那里行家鼓手开始摇摆
在一阵触电波中,手腕交叉一再击打鼓面,泣涕,
阿尼玛斯咆哮,也许
　　　　像只加速的苍天飞鸟以额头叩击天边,
螺旋桨状旋转他的木槌,小提琴手朝他的乐器来回
走动　像个丢了车钥匙的男人,国王迷迷糊糊
准备起身,灯像那样或某人说
　　　　"是"时的口型,
光是词所去之地,光松脱开语言
　　而后等待,那光。

6

现在那土地转身进入它的化学之眠中,玉米
浮荡于氮气的一个个湖泊,将醒未醒的银行家梦见
一座西斯廷城,航空燃料耀亮的天空,钱之三文鱼升起
一座多伦多庙塔的总部云升降机井,
……
……
……
  他在他睡眠的滑动皮肤里鲨鱼跃起
有三万英尺胜利光铝侧板的皮肤,他的眼
   跳到他前头 像一个狂喜之人的无意识
      红,红,红。
他打扫夜里穿越高速公路被撞的农场。
独创性饥渴使他无处不在,杀死事物,他的权力意志
之嘴松宽在对瓦格纳歌剧的呆瓜斜睨中。

7

你这马上要晕倒的人,引起眩晕的圣灵,看向
你的手,手掌,它聪明的脸,太阳
在你中歇息之地,呼吸
柔软轮毂,那鹰所感到的,当中心握其轮旋转。
  升起它。它是写作权力的牌匾,保存下死者
      右肩的王座。
看:你握住的那人正收集语词。满是光。

8

下来。
一只山羊跃向靠近粪堆的空中一地
好似一位天使冲出她头脑的房间
摔倒在一盏灯上,而无肉体的
山羊飞起,进入那灯玉米棕色眼睛的色彩中,即刻
时间秒走
直到心灵线大地的
意志从石头被影翳的爱之眼进入山羊,进入山羊之眼
那大地线条紧绷、弹起
——她的背。

她回望,随她
出自吉劳埃到此一游的脸中的古怪眼色
之所有连翘、亨德尔的喇叭金
    望向她不存在的身体所是的空气。哼嗯。

《鹿林沙丘》

在山中,看

勇气勃发的草中,有王权,

草的领地,在颈垂苦樱桃的山中,

水牛肩膀的山长着脉动的热之毛发,山岭恭顺,

蔷薇果、紫苑的沙丘,在博爱的静默中

被草熔,被犬逐,心神不宁于自己的莫名其妙,草

万物脆弱的活塞,

在山之暑热中,倒伏于鹿之近旁。

当黑暗建设,众知其暗。

草乃一面镜子,有明亮照临的云走进。

你处身黑夜,蹲伏于山:夜之穴中。等待。

其上,是夜光瓦砾,无线电信号残破的网。

其下,石头刮刀,一头鹿的颈骨,盐岩。

世界行将终结。

沉思即悲悼

你躺倒在鹿的床上。
它带着草底的明亮,在鹿睡眠时段中被其体重
压铸出来的。无人来此;青草嘤嘤
只因身体的触碰。在你下面白杨树叶的酸腐之味如马匹
一顿奔劳之后。此地有雪莓、牛毛草。
这是已知世界的边缘,哲学的开端。

观看以一根快乐链锁邈你至此,而后移步,且说到
至更远处的入场费是你的名字。那或是荒漠与冬日,
专属"鹿在其自身";或是宫廷享受,被穿过高墙
听闻到的渴痒与音声所打破。选吧!

光穿越苍苍林木,如心智间或吻身躯。
山乃山之骨。

那鹿不可能被了知。她是阿特拉斯,是埃及,她是
她的众名走失的夜,走进她的古怪便是
    感知切断、虚弱、昏黑、羞愧。

她的身体是边境通道、一堵墙、一阵芬芳,越过此
她便是无限。但进入"此"是可怕的。

你躺倒在鹿的床上,绿色殉难中,那是语言
埋葬自己之处,静候之地,幽穴。
你等待。你将倒进她缺席身体的
黑暗中。你会被鹿荒芜的陌生性、对它的奇妙之浪费
修剪、窄缩。冬已来到。光清冷,
近乎可饮;草中探出去冬融雪
酸硬、遗落之味。

如何存在于当下

I

欲望从未离开。

看着狼柳花开,
朝着芳香其黄的感觉流淌过香气的
        长毛绒陆地,
自我崩解,骤燃在平流层。
"看"暗中损毁我们。
世界及其闪耀支撑不住我们蒸发的重量。
当我们进入,世界或"在那儿的"
兀自走开,走进草之大厅,那里黑暗之火炬
        燃烧于正午。
走进光最微弱的心智。
留下我们,向那些仿似星球的名字寻求爱的支持,不怎么
在事物闪光的重力中,独自在宽广的六月空气里。
笨手笨脚的强度摸起来似美德或音乐。

"形式"颤动在鹿中。
她没看我;我勉强躺在草丛一块木板上,在倒下的白杨
 树间。

大热天，缓风吹；我在根茎的凸轮上隆起如丘。
在她光亮之背后的光是她适才出生其间的壳。
"形式"是雌鹿在她自己中的自在。
我自那里来。
如果你用小小工具掘进绕其肩放射的条条光带
你将来到灵魂的第一个居留地，抚摩陶瓷碎片，
    把你的舌头搁在古老灰烬之上，并且记住。
泪水将带给你几分归途，但不会更多。

II

你醒来,假定,在一只巨蚊罗网中,

你远离自己,更老了,也许在沙漠附近,

空气清冷、干燥,细沙烟笼,一切都看似

遥远,北非,古时的夜,难以解读,你

细看襟翼,看见某物向一火弯折,

火花低绕,它粗壮,盘坐其男人小腿上,有力,脚尖跷起。

它是欲望。

是的,添枝于柴,看起来

在它的赤手空拳中驾驭着

事件发生的缰绳,

战车御者驱役夜的意志之马。

你想要走进鹿之眼的黑暗花园,它正看着你。

想让一只雄金翅雀疾驰送你到远方

           之心中,远方乃其他事物之奇。

万事终将大吉。

欲望从未离开。

墨丘利之花,一朵飞驰的幽灵。

一面镜子撑在从事物背后

吹来的心灵之风前,

影照出它们,以事物自己的形体和爱

充满它们。

你想要那

及所有其他,那展现在被你欲望的出击和潜行猎食擦亮的
　　　　　　　光亮表象中的一切。
你不知你正在何为。

III

欲望告诉我坐到树上去。

我独自生活,内心里以野物之皮为衣。

欲望摆动上升进入我。

我看,我看:公牛颈的山,山谷里的蓝色香根草。

知道便是一种屈从,你脸上的一重保护层,在世界面前。

树的洁白高挺通过我赞美。

什么接收了那屈从?

我被知识之失败的

   玲珑身材引诱。

我的宗教之名是匿名草。

我训练适应死亡。

每天,那导师,老男人,厄洛斯,重复课程,

   我皱眉,我吐舌。

一枚苦樱桃,在窗外灌木丛

醋栗丛中,

于阳光下增黑暗一分重、为黑暗凝一缕收缩

   委实完美。

复　位

我想成为那知识：那个沉睡在两岁雌鹿向阳
肩部肌肉里的知识，那鹿出自山岭
　　　　　　　　　　下到月湖。
我将通过"看"达至。
全部的身体和德行将提升形成为看。
看是当欲望破碎时来到的极致谦恭。
欲望会破碎，亦会以明亮跛行继续。
我们会向高灌木小红莓果和水之味前行。
我会专心致志，一角新月近鹿之脊柱，被她的液体
之光触抚。我们将要去往月湖，
　　　　　　　至钻柳林，
古老的牛轭湖，芦苇环绕，真正的河　一处水之废墟
满身尘土继续前行，红色的世纪终结。
我将看见我进入那地方　那身体的道路。
这只会在我已坐于高草　食数条
抵穿地面的影子之后来到。
我会已梦到在那儿：一日睁浑浊双眼，发现
自己已病，在她体内，高处，近脊柱，穷困，如释重负。
有时这会发生：你失去一切
在你之所欲的陌生房间里醒来。

只有当熟睡且充满灵知我才不会醒来。

在我耳中，是她脚步的黄金律动。

我们将走下山去，进入被霜冻灼伤的玫瑰丛之阴影

和水之味的背阴处，芦苇丛和榆树在那里腐烂，

十月阳光　那一国之滨　一艘小船现在正从那里摇摆拖出。

我会闻到她，大厦中一间上锁房间的光。

我将存在于肌肉，她血肉洞壁上的一幅画中。

我抻颈进入鹿。

我在"懂得她"之明-暗云团中

　　　　　且能够一走数日。

她在山顶之上，黄昏时分

　　　　　开始下山。

《去那河》

掷

放下，那闪闪发光的玻璃。

浅滩戴着风帽的忽隐忽现为你而在，那洞

    戴着风帽的火焰耀亮为你而在。

那儿现出路来，不必说出。

你能看到跛行的冬和其垢面蓬头

    移行于山冈之上；它不知道

      去哪里安放它的身体。

山谷里鹤群行幽暗轮值。

安静。沿草原狼边界上移，沿左岸

     上行到最好的鹅群栖息地

       梅蒂斯人①冬季营地坟场附近。

经验之灯巡航黏土堤岸。

你必是这不知自己为谁之人。

滟滟大河顺势而下，

    背上是累累水流的黄金疤痕。

沙丘在以岛屿为颈背的码头上引颈观望。

更巨大的黑暗逼近，自更远之处。

---

① Métis，梅蒂斯人，多指在加拿大的白种人和印第安人的混血儿。

慢世界

　　*

两周零下三十五度,肥沃摆荡的河
　　　　　　　　被卡在四英尺下,
但在山间小河上,海狸坝
　　　背后,雪鞋之下冰面塌落
鹿的踪迹乌有。
敬神的火在炉中随意拨拉、懒散倚靠。
大山猫印脚印于屋后;银河系的
草屋顶沉重;
草原狼;柳树的红色
贫瘠。
鹿的外衣是白杨灰烬。

河流绿色的冰上有只
　　　蹄子刨挖雪壳。

*

在光的楔子之下,
你一无所知。
你将会歌唱雪球浆果的内里。
大规模的冷隆起了山谷;
   冷的黑暗之花点燃了暗黑中的
     花朵,它在事物们携带的脂肪驼峰里。
那里有等待。
你会让脸颊触抵草的浮动。
有冬天在她的身体里;
   一粒粒冬天在她的身体里,还有一枚低悬的太阳。
有恐怖之色覆蔽雪野。

*

我下到地
　下，河流
给了我一块破布，一根腿骨用来撑拄。
我们细看彼此的
脸。别说我在这儿。
我对草感到兴奋。
一种黑暗在事物中，在野玫瑰里，
　　　　一支茎秆，一根线条自口中出，
弯曲着，是重力，隐秘，沉睡，
　　　　脂肪的匿藏
看得见的东西吸吮、转向，与之
　　同住。
天气的公牛从这儿到那儿地迁移，
那发紫的、鼓胀的
在移动的负重中，未落下的雪。
那个完全的月亮仍在那儿
当我把一根白杨树干搬出灌木丛
在路边砍切它时。
一股被吸入的风移动在事物中；安静地
　　　　明灭于那里，接收着重量的蔓延。
黑暗的塔和它的尖顶
　　　　　在冰冷树林里几乎被埋葬的光。

*

那河是个男人,刚刚一头扎进门洞的那个男人,

  改换名姓住进了建筑管线空间的男人。

那河已经用坏了自己,现在耸肩摊手向上。

一人一狗傍晚时分穿过河来到

 一树桩为岸之地,附近是蜷缩的太阳下一株三角叶杨上的

  波西米亚蜡翼鸟。

冰声叮铃,哐铛隐约,一些思考

  继续,在河上冰的隐秘之耳的一间城堡房间里,

鲸鱼呜咽,冰另一侧的呜咽。

在冰之下,有"不在那里之物"的长发。

在山茱萸的喉咙底部,

   枯叶之下,河有它绑定于某种布的名字。

丧偶之河。

兔子岛柳树和《论自然的区分》①

   和《神之名》② 是同样的事物。

看着柳树,它们的前额之光,你走进那书的

    丛林,囊空如洗。

柳树显出一月里红灿、和煦的一周,

---

 ① *Periphyseon*,《论自然的区分》,爱留根纳(参阅《即便语词之光》一诗注释)的哲学名著,有显著的综合《圣经》与新柏拉图主义的倾向。

 ② *The Divine Names*,指伪狄奥尼修(Pseudo-Dionysius)的神学著作《神之名》。

当你看向它时
那红垂下它的眼睛。

*

晚来的光,草一般瘦,一颗骨之星,
   沿着河的冻雪岩架 无望摔倒的
     水旁 是狐狸足迹的跳荡。
柳树已走进它的红之小房间
那里没有书;簇新的冷
    放下一根完美的绳索以爬进灰烬。
通向魁伟之水的道路,你能够听到些什么。
那女人看见一只鹈鹕降落进入我,
   她的重量和她的斜度
她的重量和斜度进入我。
你走进灌木丛,灌木耸耸肩。
那女人以其眼睛的远角斜斜地
   进入我;我要在我待着和等着的地方生起一堆火。

不在场之在

*

雁在水上,在败坏的光中闪动,某物从另一侧
推挤过来;是欲望,
一道光环绕舌头,世界之后的
世界,如果那词被觅得,一座花园便会显现。
在事物中闪光的是座山,它不可能被噙在嘴里。
沉重的草叶;夜弯下腰来
　　　　　　俯身进入它们。
最后的光是智力,野莓丛中的
鸟之小。
星星们当啷起身,黑湿的重量
　　　　　　奔行于预言之油上。
雁阵加入沸腾的黑夜,它们
是夜的一篇演说。

*

水是一团密集物

一个奇异数,

那河之烟雾,疙瘩满布的背。

河的光线并未弯成你的脸,

           它的气味和沉重膘肥肉厚。

树——一道老去光的爆裂怒气。

水是一团运动,很快

麦子会在田地受伤,

           它径直走向悔恨。

早春时节,处处沉睡,

   事物们伏卧洞中,平静,羸瘦,雪变作尘。

一粒光的种子正在积聚脂肪,在地下

              暗涌。

尚不在此地的某物将为我们言说。

*

雁在冰上，

　　行走；

这是呼吸，亦是思考。

这是在永恒领地里的第一次躺倒。

来到此地的，还有它的喉中燥热、迷失、空虚。

我居于一洞，再难耐受。

傍晚时分，陈谷在湿田地里，

　　灰尘满布的冬天麦茬地，雁群笨重坠入。

你可以借它们飘飞而下的光辨读

　　　　并明了你所读取。

太阳步入在那里的冰冷池塘，

从冻僵田野而来的腐水

气味安静下来，仍有些光

在更高处，无动于衷，在西南方。在我位于高处的

耳中，是世界的颤音。

那是大麦水的颜色，

　　　　它涨起，稍稍蘸取那被耗尽的。

*

万物坠落,万物共一灵,

枯枝之火,绿水在出神的沉重白杨间

耸肩而过。我看见了那河;那河是一场休眠;

  锡色的额头,被猜疑弯曲。万物

        孤独。

石头,狐狸,水,紫色光,皆颠簸

颠簸在最后的记忆里,攀爬

支撑思想的黑色坠落,支撑

腐烂之瀑布散入骨头、恶臭、毛发、追求阳光的大腿

那瀑布穿过空气流淌骤降、冷如

群众爆恶语其间。

缓慢流动的河,草原狼颜色的,带着雪融之蓝。

污泥之河掼落糖色冰面。

淡紫色河流的黑盖正在塌落:

      我们所拥有何其稀少。

在众支流中有道雌性的光。

*

那河乃一处隐在，冒烟的绿泥树从黑暗中来，你
　　　　　可在其中铺展生命营地的最初黑暗。
没有界限：在你的心底留住它，你泣下。
钟声的紧握，乃钟声之姿。
草原狼在断谷里行进，狐狸穿越飞雪，
　　　一个因脚印点燃的震动，一片昂扬的羽毛在动物
　　　　　　　　　　　　生命的中央。
后来是一枚粗嘎的月，月亮游离的骨。
当崇拜的光落入，世界变为世界
　　　　　它不再能隐形地停留高空。
现在那河在此，一只精神行进的手。

*

你很好 但草中没有给你的金发碧眼唱盘,绝无,无光
之骨,无愚蠢但闪亮的可理解性,纯真新娘
之小嗜好或腺体,绝无,没什么给你的,草耙中。
夜之冰川
从事物们的中心挤出,缺席的坚硬桧柏。
你孤独存世:那河松弛的肉体
是无政府主义的,那水披覆无知之羽,
一面危险的镜子使你的脸成为"黑"甩其发。

*

几乎有黑光从野牛腿骨上胀出,地衣,石头是
　　　　　　　　　　　一指环。
雁在河面,冰棚
　　　　移步:情欲的世界想要更多空间。
在冬之黑夜时节,幽暗教堂外有风飙
　　　　　　　　　水的跛行。
暮色自大地而来,散一块破布,这所有权的
　　　　　　　　　全部所有。
河之呼吸是一棵闪亮的榆树。
水中更远处,更深层的树皮,
　　　　光之匮乏如此强烈你无法看向它。
那河,胸揣草之首领,
　　　　魔杖杆,
带角的 中心气流过大的头笨手笨脚,
轻轻弹动,半在病中,部分放松。

疲惫之书

*

芒种时节；

  耳朵背后，是废墟。

现在小麦以它的摇曳为腿向你走来。

现在你走动在蓝光的模糊毛皮里，蓝光

    在花园之幽暗这只巨耳中。

新月的小小疼痛只为暴露在沟渠中的

      未能发芽的豌豆。

现在星星们照临，一道辉光有如思想模糊了菜园，洋葱们

  率先渐动，思考着，突然一个脑袋潜水；在初始的

    小麦之上，如铜震响以蹑行猫咪之迹缝入园中。

你穿着"某个其他人"之衣装走在通向黄金动量的

       斜坡上。

瘦削允你穿林过树。

一小条紫色被拖出，遭绳子们击打，

     某物被抬出。

菜园看着你。你和它均沐于

"不被看见"之血中。

*

别说你已听过这个。
我在一幢跛行的房子里,它正在碎散,
　　　　漂浮在星星河上。矿灯
照耀持械的、转身离开的地面。
那地方恰挺立在北极光丰肥的颤音下。
野草迫近,晨鸟之歌的金合欢——请求它
　　　　　　领路到乡野
　它已事先绕腰间系上石头,便纵身跃入深水中。
在我手中,是"做"之洁净、耀眼的
武器,那是光终于要我去做的。
向日葵、豌豆、小麦、菠菜、
胡萝卜,时间到了。

它们再次成龙,承诺
　　顺服,涡流涌起另侧之肌;
它们将与我们同住,与我们同住
意味着允许自己被剪羊毛,以我们的紧张之心
扔掉的光束为剪,意味着它们的眼睛恰覆
我们咽喉之下的洞,那血的跳跃。

*

大步流星远道而来的污泥踏进
硕大、有来头的毡靴,消失在
表面粗糙、飞蛾脊背的黄昏里
牵牛花的蜡质光掠过黄昏,
战争之光,没头脑的光
河流彻底忘却上涨。
污泥走进群山,
照管羊群;它所食乃
它呼吸的极限距离团成的黑。
去夏,我住在她皮肤的树丛里。
一只新土豆的熊耳现身地面。
每一尖锐、年轻事物的眼睛在我手中,
       清晨,
我行在花园里,我被钦慕颂扬。

*

三周雄麦的大（落）跌（叶）价（纷飞）

开尾销拴住的日场。它自作

自为。

它仰头观瞧因为它认为这美呀，但没能

检查铁砧脑门儿。它不会唱。

它的身体是橄榄金织物，它不知

如何安放它叉搁着的胳膊。

折弯鸢尾花茎，其滋味冷漠无动于衷，

它粗心大意的

一餐——我体内光的小阴茎

　　　　　终日立着，就那样待着。

厚脸皮的万物泛绿，

　第一批明星一小撮疯狂的人在山中围着骨瘦如柴的火。

现在已晚，在无人前来的灌木丛林只有

一星半点的光，高高在上，散发恶意——草展平它的

镜面，在高挑茎秆的新鲜黑中

有空间让万物都能缓缓睁开它们的眼。

河

*

苍白的榆树丛,闪耀冬日光泽的白露草,背面磕磕巴巴。
地底一团隆起的黑暗物质
      操纵水的流向。
知识闪烁在堆聚成山的驯鹿
  叉角间,在更北处,兽群转向,但在这里囫囵吞下,
   待在低处。
黄昏时分,那河是一头长了根新骨 顶着头脏发 适才灵魂
    出窍的动物,就其自身而言。
它滚回它的海象肥,并仍肥了一路,下行的漫漫长路。
它思考;
它被草摩擦,脑袋光亮;无物
     向它走来。
它不是有意的;它说,看,新
    月与一颗星在它的下腹之上。
在苦樱桃嘎吱作响的黑中,那河
    猛然睁开它恼怒的眼。
那河的膂力迸发的前端推进;河
   在我们睡下的地方上涨它的军队,
那里一只手只为投食一簇火,沿着易于丢失的路。

它在刚好经过丰饶的边缘时抢掠。
当万物中的光前行,它留在后面。
它住在一间小屋里。
它的耳朵被冷灼伤,落进头骨。

*

你会离开,而它在那儿,
    河不会懂得你。
水,一只长长的、毛绒绒的耳朵,
在倾听的终端有一座光明屋。
没谁欠河的钱。
铁锤胳膊,狗熊牙齿,胶黏的
  眼渴望着冬草:这里谁的都不
欠。
它正失去一些成分,内有一洞的
 老旧声音,嘈杂得像喜鹊。
漫长的寒冷。
穿过害病的冰,一行柳树
    向遥远的童年之眠投下树阴。

*

暗黑大地震动,长角的水放射出远方之光。
我被卷裹着,凹塌,和混种的水
沿着边沿推挤着下到那里。
到那里的距离之烟,敷冬之粉的松鸡屎、狼柳树。
那河一耸肩便造周围平原一片,
 周边的一块浅滩被小雪崩后的空白之水照亮,那河
  被断了三弦的吉他弹奏,河根本不在乎,河嘀嘀吼叫
   吼得脸掉进了顶住它的房间之墙的长发里。
独自野外宿营,晚春之夜,寒冷的光。
和猫头鹰一道松懈下来,那河,
光着屁股,几根树枝,
荒唐可笑,心灰意懒。
别告诉任何人。我们将穿着二手衣服
住进蹑手蹑脚来到水边的一所房子里。
在那外面,所有骨头哼唱,草儿轻触
    一声嗡鸣。

*

你吃下"观看"的面包,藏身其中,然后设置在那里。
 鸟身中的榆树鲸尾叶突、木质冰、黑沉沉钟声
 穿过眼睛的表皮被听到。
熊皮长袍河和那呼吸,晚饭后的灯光
 一直倚着你擦拭它们骨感的香氛
现在你是一个只带着出自于他的
细枝草叶的人。一肩状如鹊巢。
长毛苔的即兴嘶吼,一股金色风在朋克冰上得意洋洋,
 肢解中的,尸体冰。
鹰隼之腹的大地,你将沿着它走去;你已有配偶,一路走去。
在稀薄的四月晨雪中,青蛙。
那河耸着它的碳化冰肩,结痂的冰,水的
 满洲人眼,向外探出的颧骨,
 腹部。
你想要那鹿,它们的苦樱桃粪团和无肌肉土地的
污水池气味,榆树斜伸进它们的脸,
新生男孩的身体热度爬升
在年代最久远的雪旁。雪鹎飞落那里。

剧烈的暴风雨天气沿着缩在后面的山谷来临,那将
 不是第一次。
鸟儿们在害病的冰上;空中一阵舌大苔厚的
黑色动荡,没将任何消息带来山谷。

那里,靠近不能被听到之物

　*

你的脸是在河中呼吸的河。

这颇哀婉动人。

它的奔流与遗忘的狼之光,在你的皮肤下。

在北方有濒临冬天的伏特加闪光;

　　　　　　　　其内有黄灿灿的北美落叶松。

这里有个懒散躺倒与你同在,

　　　一个银光闪闪的躺倒在"观看"的

　　　　　窄洞里,

以后脑勺向你的河,它的扁平黑石

　　　　　　在你的肚子上。

所有你能知和你不知的它。

就在夜来临前,一勺

　　　本能的月,稍低于展平的雪云,丛林狼,

　　　　　　"离开去到一边"的月亮。

*

雨向北方伸爪,
  河集结附近,全部
    鼻吻,推挤了结了的草。
火洁净自身,向内蜷起。
那河,一岩架的脸正奔涌其下。
"拥有空无"和"居你所处"的牛尾轻弹。
水弯折之道风味匮乏,镜中唯"无";
  它居于某人射杀、剥皮的一头丛林狼之生皮里。
动物流奔,沙堤起伏
其上、其后雁阵,附近是栖于牛头弯之上的冬阳;
我将头戴梾木枝帽。
在万物所是之地以外,柳树入眠
而后一枚鹅毛般月亮,
  光之望而却步几乎长就。

*

你能辨别出河流已老,当雁在其上,它们
  吞下的煤油闪亮,迁徙的
    念头,一个重负,烟发飘扬的粗帆布制
      包裹,它们随身携带,从未曾打开。
灯在它们之中,仅有一盏且距离迢迢,一间间
        门厅之下。
只有一盏在雁的整幢大屋之中。
附近黑山谷之兽
    从来不曾言说。无
人记得它乃一兽,因而它没有死亡。
接近于黑的雁之肥胖教团,搬去岛上,一只眼花
一只在飞行尾流中摸到地方,然后翻越铁桥。

它不在这儿,别惦记它,被扔掉的肩膀
　　　　　　　　盖住了它。
带着沙堤蠢,含一舌树桩的
　　　老去呼号,稻草河,狼
河,报废的眼,隐藏着,从光中转过身去
走掉,一个笑话,肤浅的,随后磕绊
摔倒,一众岛屿,对钻石柳视而不见,对木贼草
视而不见,冻结的金色掠夺,这条路,而后其目标
认输,无意义的下滑传送带,酩酊
大醉,摇摇欲坠,塌毁中的房子,
一个废弃马蜂窝的颜色。
我是呼吸废渣,赤裸的某物在我体内。
那河衰退,一辆移动推车,然后乌有。
那女人的身体寄宿在我的喉咙里。
月亮是长路以远的一场小小潜在热病。

黑暗之歌

河坐在血椅中。
海豚平原踉跄跌出一声呼吸。
      几乎不放光,
大块盐的智慧。
河坐在血椅中,
  它的欲望升起又回落向它 落进它自己的
        十二月初之烟中。
在平原上"接收光"的沉闷残桩,走向碎裂的
  雪丘,然后走向红金的山脉。
河有未点亮的肥沃。
既不上涨也不退落,它不在乎。
它是"观看"的平坦部分那里呼吸平稳。
一只巨大的冷却动物。
河坐在血椅中,
   它的欲望升起又回落进它的冬日之烟里。
一头动物醒目立于那里,
   自距离中冷却,它制造的
     一切之烟雾,来自
于它,死之绿环绕着它。

那里,你眠于你的道途

 *

现在你太累了。

万物燃烧在自己体内。

这是背离之火,嵌入的

    "远离"之火。

八月末,沙丘伸颈向 20000 英尺处

    无风、洁白的天空尽头。

滴答的灰在草叶上列队;即便

  抛扔其微光的风也在缓缓

   燃烧。

下午,月亮出来了。

紫菀秀挺于田野

    还有胡蜂们专注的颤动之墙。

处处是事物之脸源源流出"它们正进入

    不可视见之所"的黄金。

光现在居于它的身体之上,光观望

    它之所为,它之不能归去。

蓝蜻蜓流出、升起在愈益窄细的辉光中。

你将永不会读到所有存在于

图书馆中的这黑暗。

*

那河，一岩架的脸正奔涌其下。

"拥有空无"和"居你所处"的牛尾轻弹。

在草的观看中，你被光

    那泗水的机器举起

举起又放下，草的肉身摆荡

      向你，一种偏好。

那河的肉、耸肩

鬃毛，它毛皮之下

死去皮肤的气味。

它的肌肉和波动，它的蒸发，它躺倒

      在黑麦中，与眼齐平。

在它自身和别处，河都是一件带羽之物。

我要去那儿。

我要取出在我体内占四分之一的

黄金躯体，细瘦冲向

    它的边缘，一种建设的声音，

然后将它放在草中。

我将在这里躺下

压弯光、蕨叶、籽头的

茎秆。这在事物们的漫长

　　　转向中,一场风暴拳头下的柳岛中心,

　　　　　鸟群内部的一处地方,狐狸尾巴的地面云,一条长路。

在那里,你睡于你的道途;最后你身在

　　　　　　一个愤怒的狗背般的斜坡上;天

　　　　　　　很黑,没有其他的路可达至这个,没有

　　　　　　　　"知",你在欲望之舌上安然冲过风暴。已过了

如此之久,自从我们待在这

光沉落之所。

让我们去到那里

歌唱。

歌唱便是取走万物

而后立于光之泥中,

柳树之光,那般贫瘠。

那儿是烟之月,疥癣

月。它升起

　　　在愚蠢、空洞的草之上。

在我们身旁,所有事物之重转向。

*

我想在这里被人发现

四个冬天之后,赤身露体,与鹿同饮。它是大陆

已在迟暮之年。古怪的石头是被荒废注意力的箭杆。盐
  碱滩,

狐狸尾巴,红紫的天空因雪战栗,雁阵从令人雪盲的土地

          松松垮垮归来。

我没什么了不起。

这是一首歌,你唱它,而后变成它,上帝的工作。

我想回到月光下,贫乐如树林。

想一只乳房在我口中这样被发现、被看见。

你是你的骨,夕阳的骨头环绕你周身。

那儿是草,草的阴茎

    垂头瞌睡,无有重量,

扎根于潮湿的石头。那眼睛这里那里磕磕巴巴,

第一场雪叽喳落下。

我将住在那皮肤的绿波之屋中的一间 而它会来到这里。

神圣的气味,爱的气味,风的雪-铁基底,我将

        知道我正在接近,

随即,从腾烟的光中,将现出一条隐约的小径穿过杨树林,

         下行至水中。

我会更瘦,更白,脚跟

  楔抵屁股;我将等待,弯腰,聆听。

我将嗅闻腐烂白杨的辛香,金发碧眼的气味,阳光变为

面包,作用进隐匿处。

我会倾斜向前,在那儿,变成一个遥远事物,保持角度,
  痛饮。

*

树岛边缘发酸的白杨,被星光

灌溉,隐匿,沙砾般苍白,走进冬天。

每一棵树的饥饿紧邻自己而居,树

　　　　　　吃着它的幽灵身体,他们就这样

活着,树和幽灵,并排而立,没有爱但相互需要。站在

它们旁边,你正站在落基山脉的一条融雪小溪旁。

我将歌唱某物,废铁。

带雪的铁在它里面。

距离随意弹拨,它满是神经

——在平地之上,

它滚滚南行辗过大草原,

你感觉想要躺倒看它,越过

碱湖区,斜壁峡谷,孤山,

骨头颜色的河,

雁阵正让这黑色溪流

进入它们之中,让它滚动、缠结,

它们难以容忍它,这塞满了它们,以风、以夜

以初冬之星间的东西。

我的语言和衣睡下,在沥青渣坑、

河边水草之下。

它不是光但它将在此挺立片刻。

性闪烁在事物们的暗里,石头,河
弯,柳树,一处油的闪亮,某物的
光移动,牡蛎微光,满不在乎,转向你,
背转身去。

所以无物会终将足够。
天空的青肿淤伤转轨进入雪位居高处、
　　　　　　　　　肥厚的沉默中;
在这之下,是鹿色的草
和鹤的翔升,一阵小风吹离地面四英尺,
空气之光和水光在等待着的苔原天鹅身上。
水闻起来像一个塞满了枯叶的洞
　　　　你可能曾住过的洞。
水有你的味道。

《杀戮现场》

安静,安静

玉米色的、一下一下划动的前行,某个暗褐色选择
驾驶它扬帆前进,那动物来到圆屋顶的柳木屋
附近,蜜蜂沿着被花粉肘撞的圆顶刺戳;
那动物弯身向那气息散架之地,依据它自己的,
      它的气息圈围起它,像枚月亮,
它寄存自己于深水或经冬不凋的树叶中,
  一只耳朵曾在那里搜寻,一道沙哑的蓝光旋动那些
    树叶。
那动物身披羽饰,携夜的唱诗班而来。
就在这里。
它向前摔倒在不可视见的黑上,所有的雷达之下,被吃掉
  的船,
             一根肋骨作一桅杆。
它周游在地下,它从黄色山头的一个洞中出来。
没有耶稣会士的巴洛克,没有为欧洲的扪心抚胸。
那动物的听觉中有一杆向上,末端一枚上弦月,
那动物思考,一脉黑李色、寸许深的溪流
流淌冰川下,至800院落。
在我耳中,淡紫气味的狼群像 在我嘴里的
夜和更深的夜
自静候中被推翻。

在那动物未被传递的言语中许有奇马约①

  髭须燃烧的路口。

那动物曾是这世界；它曾是世界。

---

① Chimayo,奇马约,美国新墨西哥州村庄,位于基督圣血山中。每年,是数千朝圣者的旅行地。

它芳香四溢的视见之拳

无鞍的羽翎湖区乡村在夯砸下来的雪飘中,运动家牌
烟罐的颜色,然后漂积,差不多是圣诞节时,道路眼看就要
关闭,没有任何东西从地里出来,贪婪以牙啃我,
太过遥远或基督的孤独啃食我。
雪下一座蓝之城——其名曰无尽,或者,在另一
  语言中,"几乎没有"。 松木碎片系于其发,悬垂。
第一哲学是神秘主义神学。
狐狸在雪地上跑动迅速。
我指的是信手涂鸦"永远想要"的
褐灰绿猞猁兽迹,这就是人们所说的"墙那边"的
唯一档案馆,进入第二世界的单轨道路。

现在。
让客体在你眼睛的草地上建构重力,
     因为你并不擅长诸多其他。

向西南方的一天旅行,褶叠的山岭臃肿走向
河口湾渡口,在贮藏黑暗的冰层之上被向沙地隆起,
富裕,隐秘,国王似的冰,向西是大熊山
审视的山头和哈特派[①]聚居地,

---

 ① Hutterite,哈特派信徒,多指从捷克摩拉维亚地区移居到加拿大阿尔贝塔和曼尼托巴地区的再浸礼派会众。

小雪飘下山坡,红鹿市①被锁,崎岖,
脚踝碰破,老旧的夜走进它的累累伤口。
酸果莓点染白雪,猎杀兔子的痕迹历历,在榆树丛林
那兴奋地树瘤遍布的喘息着的世界里,
本质的粗厚脊背,带着希望的褶叠赘肉,遍地
打开它芳香四溢的视见之拳。

---

① Red Deer,红鹿市或红鹿县,位于加拿大阿尔贝塔省中部。

杀戮现场

***

那动物梦见我,

一阵棕色大风悬于其顶;

这在河床中隆起的雪丘之下,

冰雾沿山谷两侧的塔

上行,血在雪上,

母兽的发情期印迹,下面院子冻结的水。

***

当亨利·凯尔西①死去或离开

哈德逊湾,有传言他继续行走在地下

以他声音的最高音部,在豪猪群山②的西髋邈弯儿,

一个毕达哥拉斯转向在他的眼中。

因为所有这些都曾是一种新音乐,没煮过的比率,一台烟之机器。

---

① Henry Kelsey (1667—1724),亨利·凯尔西,英国毛皮商、探险家、水手,英国在加拿大建立哈德逊湾公司时的一个重要人物,他也是第一个到达加拿大平原的欧洲人。

② Porcupine Hills,豪猪群山是加拿大的一种地势特征。有两处知名的所在,一处坐落在加拿大萨斯卡川和曼尼托巴省,是曼尼托巴断崖的一部分;一处在南阿尔伯塔省。

而他想　　让意志在此沉睡 400 年。

让意志在此沉睡 400 年。

只有某支歌能打开那把锁。

他找更深处的西芹，诗人们，南方人沿他们眼睛背后的

　　岩石壁架沉睡，某人正将某物放

　　　　　　进他嘴里。

因为他身在地下，万物来到他面前——他

看见一张麦子的脸，一道

矿物波的脸，石头的乳突，事物中的

冬那一面，背后

那一面，心智潮湿的女低音部分，

透过皮肤显现。

(它上升到了地表

　　因其隆起被看见，而后它退进了树林中。)

只有一支歌能打开那把锁。

他不停地走，想要但害怕

　　　　众河上冻。

***

一道光中的几座沙丘,可能因为一整天的雨,望向

左边,草哪儿都去不了,九月——万物都走

向你;赤裸着向你

    走来,挥着它们小小的明亮手掌

和顺风而来的气味,1964年初夏

你父亲的心智和肩膀的气味;

那时他打两份工,邮局,搬家公司,现在

他没穿衬衫,一百四十五磅重,

但仍轻于他喉头间低等公民身份之名的重量,

在那里他不置一词,居于一洞,高出

悬崖线三分之二,他怎么

到的那儿,燕子起伏在他眼前,那洞

是在牛奶河两侧升起的黏土岸上铲出的沟渠,香根草山

以北,牛群无限云散

一路向东,羽毛

和骨头被串挂在洞的嘴里,

苍绿羽毛自他尾骨处无言抻展。

事物从它们的姓名及自身之榆树中爬出

它们前进,移动它们刺了富拉尼文①的手。

它们嗅闻你父亲的声音,他的

---

① Fulani,富拉尼语是在西非大部分地区广泛使用的一种尼日尔刚果语。

一身
　黑
　　西服。

***

现在是冬天;雪的沉重盘绕和放弃认输;

它巨骸崩坍,从河的西面出来一朵

踢走球的淡绿云朵,随后梦游走下山谷,穿过

四千只鹤的肌肉、它们红色额头的光;

如果它有知,它将成为最深处的人类声音,

或再多一点,三四首喉中哼唱挂饵钓鱼线

下至它不可见的中心之104层。

它的扫荡和创伤是机会的完全缺乏。

现在是它溪流环绕的胁腹:将这置于《伪狄奥尼修书》[①] 旁。

将我收集进你的忘记一切,

影翳那表盘的颜色,我父亲携其穿越

意大利、荷兰,1943,1945。将我收集回家

进到专心、漂流、天惠、

明亮的房间。你已看见超越

它们名字的群山

你也被它们看见。

---

① corpus dionysiacum,拉丁文,一般译作《伪狄奥尼修书》,是公元5—6世纪时基督教神学家、哲学家亚略巴古的(亦作东方的)伪狄奥尼修所作的著作集,作者化名公元1世纪使徒保罗的弟子狄奥尼修,故称"伪狄奥尼修"。其著作结合基督教思想和新柏拉图主义,由《神圣名称》《天国等级》《教会等级》《神秘神学》《书信十札》组成,该书在整个中世纪具有重大影响力。

***

朝我走来的动物是个带伤的大块头,伤口破裂的

 声响如歌动听,伤口的马蹄得得。

它身穿素黑音声。

在我脑袋边下完蛋后,移步进了冬之荒郊野外。

它没留下任何东西,没有小袋子,没有名字的手捧名单。

就这样走进了冬之丛林国度。

我不知它想要什么,它几乎不能呼吸。

我不能呼吸。

那儿有条条雪雁迁徙路线的呼吸雷霆声。

那儿有《荣美大能历历可数》①。

无物在那动物的嘴里,没有纽姆谱②,没有声音序号链,

没有东西加在事物的通用名上,那些是其所是

和是其所不是的事物。

也许它指的是睡在河边流浪汉营地的

尸衣里,那条穿越华盛顿州斯波坎的河,

在八十年代初,里根刚刚当选,我们有几个人

在小房间里读马克思,爬回那时去,也许不。那条河,

 当时。

那动物闻起来是纯粹空间。

---

 ① The Evidential Power of Beauty,《荣美大能历历可数》,美国天主教牧师、作家汤姆士·杜贝(1921—2010)的著作,该书着重于在物质世界里考查神的迹象。
 ② neumes,纽姆谱,中世纪教堂音乐的一种乐谱符号。

沙洲，十一月初，光震荡在我身体前。
鹤
  几乎
     全
        飞走了。

***

那动物梦见我。

它拥有一团光。

    曾嵌在它桦枝条燃尽、裂开的肩头

但现在恰好在它的头顶之上,移动,收集它的大海腿。

          光中有片十一月之树叶味道。

我干的全部是建起了

地下营地,

瘸腿的火,咀嚼的锅,一毯闷燃。

今夜,亨利·凯尔西将服务于

奶油状的制鞋皮革和石头们的绿背。

继续前进。

***

失忆的、宗教的山茱萸树叶,转脸向墙;

蟋蟀肩负重担,秋野蜡烛里成长,蜡烛在密封、照亮

石头的教堂里,蟋蟀从大地上举起蓝天和玫瑰,那里

克莱尔沃的圣伯纳德①正第三次布道《歌中之歌》——

以废墟为背的灵魂从词之月亮中腾烟折断,

膝盖和眼睛的喉音瓦砾从那亲吻、那亲吻中巡游而出,

那身体郁金香秀立,咳嗽,打着趔趄——

蟋蟀们拓宽、弄干蜡烛里烂醉的低地,

蜡烛在伯纳德玻璃般、马的侧脸似的嘴边,

蟋蟀们拓宽、拓宽田野和深陷的白天。

伯纳德提到1964年的夏之神秘,

我父亲穿件无袖T恤为搬运工们工作,在6:00到3:00

邮局里的当班之后,这是山岭上的雄性时刻,受宠者,

让他以他的嘴之亲吻亲吻我;

现在他仰头观望,鸟之阴影砰然

  落在他面颊和喉部,而后,在他的注视中,一个暗黑

收进物出现在他稍左侧,不是墓穴,而是

空之一束、一团,他常在舌头底下感觉到的,

在那儿他似乎看到最好的它,像记忆。

这是战争。

现在是河上鹤群,它们的叫声过少量

---

 ① 参阅《序:欲望从未离开》注释。

电流于上臂。

万物均在此,万物均内在于言说。

   众血成塘。

低湿平地是嗓音老去,

   一把盲目、鲁莽的小提琴上,一下崩裂的触抚。很快

    是更老的冬天,

更老的 冬天。如果你要来,快来。

***

那动物梦到我
——"观看"之烟无名地升起——
在溪湾上的雪丘之下,
冰雾沿两侧山谷
登行塔楼,血在雪上,
母兽的发情期印迹沿下面围场冻住的水散布,
然后是下一个弯道杀戮现场附近。
但那做梦的动物走动、
呼吸,在一阵"非其己"之思的风上放飞。

亨利·凯尔西死去或离开了
哈德逊湾,但随后开始以他声音的最高音部
行走于地下,行走
于地下,在豪猪群山的西肩遛弯儿,
一个毕达哥拉斯战栗和跳跃在他的眼中。
所有这些都曾是一种新音乐,盲目的比率,一台烟之
 牛奶招展的机器,他刚好开始想它是如何迎风鼓起的。
他还想 让意志在此沉睡400年。让它走进
草丛去。 让意志在此沉睡400年。
只有某支歌能打开那把锁。
他找更深处的西芹,彩色的沙,某人正将某物放
          进他嘴里。

因为他身在地下,万物
从他头顶上方进入——一张麦子的脸,一道
矿物波的脸,石头的乳突,事物中的
冬那一面,背后
那一面,心智潮湿的女低音部分,
透过皮肤显现。
他可能对此嘟哝了一阵,骨头和骨头捻合在
  他脊骨顶端,事物能在一只眼睛的
    身体里匍匐前进,一只小小的
        眼。
只有一支歌能打开那把锁。他不停地走,想要但害怕
众河上冻。

轰隆 轰隆 轰隆

我想在我体内生出一星半点怠惰,就是说,动物
闪过,像朱砂流转在九转还丹中①,
像一片平原上的一座完整城市,北京,
二十世纪末,十二月初,工人们的寓所在城市
西边,零星小雪,钢铁厂附近,煤球
和樟脑丸,接近晚饭时间,屋里人们开始
做饭,芫荽和番茄,想象铺水管的攀爬,灯光直达
顶部,有人在屋里读英语的《冰雪迷案》,

      下一步回到

喉咙发紧、狼被记起的山中,还有猴子,绵延数英里
不断壮大中的寺庙,那里在好几年间夜夜不空,
于是他们溢出边界。
你可以闻到我所在之地那隐匿性的雪原之味,你的脚
   在"丧失"之雪船里。
交谈之下有管道空间,一路通到
    野樱林。

---

 ① 九转还丹(a swallowed tree of cinnabar),诗人会产生这一意象,似受如《抱朴子·金丹篇》所述影响,"凡草木烧之即烬,而丹砂炼之成水银,积变又还成丹砂,其去草木亦远矣,故能令人长生。"诗人可能因受英译误译影响,在这里误将矿物"丹砂"当作了植物。因不可解,故译者在汉译中作了科学还原处理。

因而沿溪雪地上有小小印迹,飞行溪,
在消逝的太阳中。
……
……
我不能开始告诉你我有多凄惨。这是一座黑暗中的教堂
其两个部分在互相鞠躬,它们过去
一直在暗中互唱赞歌,在暗中,金口大开的
       墙,仍在继续。

伟大的无知

I

隐藏,隐藏,隐藏,我
  曾待在地下,数石头,用我的手抚摩
我的脸。萨斯卡通莓将我环绕,第一剑。那儿有
宽肩的、博学的、无知的、有须的、尚未出生的河,一个黑
 色、晃动的
抬升或话音,一支英雄的老迈胳膊;在地下,一只耳泛
 涟漪的
 鹿,一只竖耳鹈鹕的红色的眼——巨大、漂浮的
交谈在地下由相邻性传导——携其香氛之

         瘤的狼柳,
  在其香氛之瘤的顶盖下一言不发。
世界在地底等候,一支军队。
所有的硬度支肘倚在塌陷的专注之地里
  每只蚊子的背上。
在地里,我的呼吸深远 进入我的房子,越冬的树叶。
一个男人像条鱼 嘴里嚼着张闪亮的光盘,苏格拉底
        托底欧洲。
乌鸦飞翔在地下,它是地下的
  全部,一个草的采空区植根于乌鸦的喙,

撑在一处掩埋谷边缘。

有一物在它自身沉睡的黄金蛋里游泳，那蛋移动在缓慢
　　　　　　　　　　　　成形的杯状浓稠周期中。

我保持安静，我的学术成就狗屎金黄，我一睡数日。

太阳是盏黄油灯，是

交配鹈鹕之嘴的半圆，它不会

告诉任何人有关于它自己，它已从北端，海藻雪片般剥落
　　　　　　　　　　　之地取低地湖水，灌注自身。

万物都要等待，分离的事物

将要在它们自身间讲诉童贞之失的故事，
　　　　　　　　　　　而后它们将回到

它们从前之所是，但在它们中有了一根明亮的、有生命的精
　神绳索，

出自它们的额头并进入另一些额头。

我被柳条捆绑在地下，当我观看，有些

手掌尺寸的星座在我身边，一只船桨划动穿过
　　　　　　　　　　　　　暗黑、肮脏、残垢积淀

如青海银的血的运送。

在地下，我的嘴张，舌伸，被唤醒的蓝。

不动，不动，一动不动，一个倾斜

倚进沿其颈聚集夏天般肌肉的事物中。

II

正当村村镇镇蜀葵始开花,我们
      穿过莱姆斯福德渡口。
田野中满目是天人菊、黄苜蓿、向日葵,
      满天星和沙斯塔雏菊。
在河口,自从二十岁被抛弃,另一场更深远的穿越,
一尊五英尺水泥块中内怀一个寂静的洞,熟悉、安全的标准
  银行,而在山中,花楸树干倒在鹿出没的
    高高深谷小径,醋栗丛是黏土河湾上的厚脖颈,
峡谷脱落它的毛皮于大地黏液之上。
四十英尺井泉在小镇公寓房里,沁凉、湿草味的水和甜点
  盘状三角叶杨叶,你行走之处,四所房屋,其中两栋
    门前有车。

河流被搅得褐浑,被自山中迟来的迈重步而下的融雪
  雄牛涨起,时在火红七月,一场两英寸深的雨落在
山脚下,太半的雪、云杉跳荡在顶着猪脑袋的洪流中,
在这迟来的光子花粉中,那高平地垛,牛头山,昂立,
      亚洲佛陀般,羽毛塞其喉咙,
迟钝、怠慢的地垛,古怪另类①,迟来的日子,七月末,靠
  近皇后村,
    阿尔伯塔,许是一斋戒之地,许是一被埋的房子。

---

  ① atopos,希腊语。

我将要变为它们一员（一只叉角羚）。

红鹿河的黑灯瞎火正缓慢移动。

海豹脑袋的摆渡人说河的流速高达 8800 立方英尺每秒

但没有 95 年那时高，那时 38000 立方英尺，河水绷拱起

上拉索（它战栗在黑水中，它挺立在黑水中）

         重击，水的漩涡形脑袋。

没有可能进入各条支流，冒"差别"之烟，栅栏围起的放
 牧场，

山自它们的前额翻倒。

一个非凡的屈从在事物中。我曾待在地下，数石头，

用我的手抚摩我的脸。我现在是在我肉身中的

形体，沉眠，过眼云烟在我的衣服里。黄金在我嘴里

当我穿越渡口。河流

在洪水中颠簸跳荡，在其路上挪移转向不知

身在何处。

我已开始写作地下神学，那大地的神学。

即使在耳中也会有石头。在此嘴成岛屿。

III

森拉克沙丘,靠近阿尔伯塔-萨斯卡川边界,在四英寸的
土之冬衣下,在阴湿的沙里,在绿松石色的
驯鹿苔下,在那精心建成的、未被法典化的
    光中,一个憔悴的男人,白石制成

阖上了他的鲑鱼眼,在地下,事物们拥有
"石在水下"的重量,算是吧,
忽略而过,
而他在地下飞翔,固定于蓝色,
在另一方向,瘦且老,蓝在地平线上。
他佩戴着"不被当作,不被思及"的珠宝。
一张张嘴在地面之下,仪式的众声望抱一羽在怀。
他的嘴里充满了库萨的尼古拉①之赭石,最高义理,
他的胸是一条船,15世纪,一场两个月内的自希腊横渡中,
它的航行,一篷白杨篝火。
他的名字是他嘴里的小小地表留巢卵。
他走进绝壁照管他不可能懂得的事物。
只有这男人的牙齿完好无损,
他的骨头刺青着一道道古老火焰,他飞翔
在地下,一只鹌鹑溜走,穿过时开时闭的
泥污。

―――――――
 ① 参阅《序:欲望从未离开》注释。

泥污闭合，泥污敞开。
巴特尔河闭合，他闻到它，离开地面，向它
走去，让自己滑行其下，在那儿一个傻白甜的行为在他身上
开启，他正穿着一件眼睛制成的衬衫，他看见为他晕菜的
肌肉：没有什么最心爱的
即便那些动物可能会向我们走来。

IV

我对颤动在我嘴里的那东西说话,有

小河面庞和河道躯体的真实动物

占据了我的脸。它从"淤滞"之毛皮云团里

        看向外面。

这地方暗黑,石头杯拢香烟 对石交谈。

我低头看向自己的手背,看见一只鹅

     正在我皮肤下经过,

那只鹅,略略出水,没有拍翅,十月初,十月八日,

 吃水浅的末山湖北端,芦苇岛,屎色的水,

       地球的眼状弧线,云团,

         然后有阳光,然后是云团。

它使你作呕,这样一处污迹的

     老式中国光线,出自皮肤 进入言说,一处染污。

我有一次勃起。

光升起、沉落在我看见的

  东西上。

它是先前业已露出的石头内部,西伯利亚脸白杨里的

  破碎、愚钝,先前已然走出,步入了有生命状态。

它站在通过我的舌头后部走上前来的

  杨树旁,白色、覆羽的树钉在我的舌头后部。

你让城市走出你的身体,从空中俯瞰的城市,一个从

      前脖颈,一个自后腰臀。

它们留下空穴。你收集一些木料,在风之洞穴中的

　　　　一个里生起火堆。
我坠入睡乡，有人将一场中秋雪的铝合金锻屑
　　　之刺鼻胡椒铛铛　置于我的上唇和嘴前端
　　　　　　　　　　牙龈间。我已准备好，
以沉疴般睡眠之跛行　向着地面如流隆起。

那　儿

我在大地内部,那动物身着各种标记向我走来。
它从在石中呜咽的水里出来,然后转向
　　　　　　　　　　我,这是言说。
那动物与众太阳、月亮、初始的、饰缎带的方程式一道燃烧
　氮气,
自由的画布,涂风景其上,在它身侧,
从沿其脊椎 镶皮花边的洞中垂下,
那动物的侧体珠宝嵌饰,
侧体吐出一枚枚舌头的脖颈活肉。
河之蠕虫爬过我的胳膊。我的舌下,有河的
　　　　　　　　　文身,树丛文身。
那动物巨大的体侧是在峡谷中升起的组合物,它们言说两种
　　　　　　事物,一种来自白杨树林,一种来自
　　　　　　　峡谷壁上侧荫。
那动物携世界到来。
那动物携体内许许多多的人到来;它的内部是一条船,渡
　　　　　许许多多人,淌过是种生灵的夜水。
它的侧身是伸向低湿平地的条条漫长的可行道。
我在那儿拥有的是草。
我躺下;河一词在我腋下,
　　　　　杯拢在我的腋窝里,我躺在

蓝色格兰马草丛中。

那动物携自发光的事物前来。

它本来也可以穿老旧的西班牙铠甲,也可以肩扛大旗,
比如圣乔治旗。

它有痛心疾首的体侧。

它带着一面灰泥镜,上书黄金字。

它有无言但富乐感的、重力柳枝半垂的体侧。

它在我脑袋边躺下。

它弄直自己的心智,那里乌有,那里无味。

它有绕头的黄金箍。

那动物从西边出来,你能听到它破茧

  树丛,片刻之后,在紧迫的黑暗中东向而去。

变形万物之书

塔顶尖起的喉咙,被多样性模糊,圣本笃
节期后两日,开花的野生甘草,小小的蓝
蜻蜓,轿车车身蓝,几乎被精神性地越拧越紧钩住
一个相当好的非物质铃铛之叮—叮铃—叮铃铃;它们
眼睛铆定从水里伸出的一根棍子,宗教阴影影翳水面。
欲望的工作,我在事物下方游走,
看见暗淡之词铭刻于他们的下侧腹。

***

一面名字之旗吹动在舌头里;另一
地 一只鹿弓背进入野樱丛;大地内部
有道波涌,骨盆冲浪黑色
翻涌和跳荡,让隐匿、羞怯、可怕的事物们
抬升你,用他们长杆的红喙吻。
一只狐狸在地下精打细算,
　　　　黄金标记于一种蓝 像某人说着是,是,是,当然,
　　　　就是这样,那蓝像是用看见你的那只眼在看;
狐狸快速、四下奔跑的印记闻起来像是白人妇女的私处
　　　　　　　　　　　　　　　分泌物,
或是像鹈鹕低飞翔于水面,几乎触到那水,几乎
　是夜,七月,泛绿之水,未意识到自身,相异于自身,警觉。

喉咙里多样性云聚；正是圣本笃节期

后两日，野生甘草挂花，

蜻蜓飞进有拱顶的房间，两两旋舞。

狐狸在光之声的小小盲文点刺中唱着第四福音书

光域里的小股流体，在杂草中升起一英寸半。

在它的下颌，那动物记起了在深处、黑至几乎不存在、古老

    沉睡的赫拉克利特小提琴，必需之物的严苛铜锣。

世界踞坐在其推进力密集于斯的那个点上，

轮转之狐狸，呼吸、循环之狐狸，事物中

呼吸着的眼之狐狸；

它记得悲伤的蓝图，为特别之人开始的行动，

并通过彻底穿它而过建起此说为何。

当这狐狸走上另一地的路途，秘传的秩序，林立的大教堂，

各种英雄主义崛起，死亡崛起，自我中心崛起，所有状况，

    它们

回火向你，使你皈依于风，它们之所是的风。

这狐狸本可能曾是一人，色雷斯人阿巴里斯[①]，比如说，或

    部分

渡鸦，局部金箭，或尼撒的格里高利[②]，他那怪异的、惊人

[①] Abaris the Thracian，色雷斯人阿巴里斯，即古希腊神话中的"北国人阿巴里斯"。包括柏拉图、希罗多德、品达等在内的古希腊名人多次提及他。柏拉图视其为色雷斯医生，执著于知晓不朽之秘密，以秘咒、油膏、植物治愈所有疾病之秘密的人。

[②] Gregory of Nyssa（约335—395），尼撒的格里高利，卡帕多西亚三教父之一。公元372年，他被祝圣为尼撒的主教。他完善了三位一体的教义，是灵意解经传统中的大师。

巨大的-

  君士坦丁堡化的、黄金壁起的、呼喊的、滑移-杂交属的眼。

狐狸在大地之下
头戴一帽,用一细棍——细如梅林①的一声尖叫——打着拍子
它从头到尾读它的唯一之书,然后重读。
我主赫尔墨斯,我主波尔菲利②。

---

① merlin,梅林是人类传说中最有名的魔法师,亚瑟王的顾问、先知。这个单词也是鸟名:灰背隼。汉译选择了梅林之名。
② Porphyry(233—约305),波尔菲利,古罗马哲学家,新柏拉图主义的奠基人之一。他是普罗提诺的学生,杨布里科斯的老师。他在晚期希腊哲学的发展中起着双重的作用,一方面促进新柏拉图学派的传播,另一方面和正在兴起的基督教展开论战。他是从希腊哲学向基督教神学演变过程中的重要一环。

等待史一章

晚饭后,在筋疲力尽垮掉的玉米之上,火星的
     忧郁缓缓鼓胀,
森林不小,其内耸立座座
     注目之塔,
老鹿脚手架,建在其旁,
附近是烧茬地的火中升起的支支烟柱,
在它之上、穿它而过的是一只平稳、穿行深喉的
     星光之轮,还有只雪雁你可带去河岸;
我们张开嘴,那词被放入;
"所是"被照亮的骨架走进了我体内;
现在水池之上一层冰的赛跑者肌肉,瘦如弓形锯
锯条,现在一件山雀外套,《神秘方舟》① 卷二
一、三章之外套,没人想要但是合身的
"看直至你穷愁"之外套,月亮浓浊各处,月亮
浓浊、吞吃某物,它自己的胳膊,而后走
下后楼梯。
别把这告诉别人,
运带烟尘、杂草丛生的比弗河正在

---

① *The Mystical Ark*,《神秘方舟》,中世纪宗教著作,主要探讨在祈祷的状态中心智的本质。作者是著名神秘主义神学家圣维克多的理查德 (Richard of St. Victor, ? —1173)。

你望向别处的左手以远。
你能够够到它，但在下午
　　　　总是太迟了，喝啤酒时间到。

等 待

而后在《神秘方舟》① 第二卷七、八章之间,
在关于对可见物的理性原则之思考的默想中,
关于其丰富充分,下午的雪,一头作为冬之外套的鹿,它的
稍稍含金,月光似的吐气,三岁大,削肩,骡鹿,向北
推进,它转过它那完美的、恢复了精力的头,
它举起右前蹄控制住它的回折,然后笨拙地伸出,
很难做到这个,有张折叠的纸
在鹿的肘缝里,其上仅有一词:欲望。
火星后来,后来升起,然后丧失兴致,凸月
彰显出四分之三个自己,立侧耳倾听之姿。
那动物不得不上前来到书的裂口处,看着
一场结结实实的、有残酷唇吻的火。
它已穿过一堵喊叫之墙和形形色色的末世气味。
冰在河面上翎羽咔哒。
这也提供了前进动力到中途上到峡谷峭壁,晚
秋,庄稼收讫,茬地焚灰,穿过那片水域,那里肤如海豚皮般
油腻顺滑的富人已建起房屋数座,以他们先前发现的某一特殊形式的光

---

① 见前诗《等待史一章》注释。

为材质,现在他们正在唤狗回屋。
沿着一条喂养之溪,一只猫头鹰正撞上并从
那张人脸中拽出往回长了的一小段路
当猫头鹰的头继续鞭策。
那水能够上升,并在高大明亮的发中
步出自身,
它能在狂暴、即时的发之丛林下行动,
 它秘密的身体显露。

房　子

房子，最终，在表层土和石头之下，被心智之光
　　　照亮，低声交谈，动物们被给定的外表。
房中有炉火随多样性燃烧，随《精神现象学》魁伟的
　　　　　　　　　　　　他中了一刀似的踽踽燃烧。

飞蛾聚在房子的腋下，
绕房之嘴飞行的小小蓝色飞蛾。
此处有完满之水，不思及自身之水。
房子的翼展，它的鸱鸮暮冥。
它所有的铁躺在外面。
它存其血于只只银匣。
房子在它蜷曲、利他的无言中大幅增长
　　　一排排的数字，惊人地，大手笔地将数字的触手
　　　　　　　　　　　　缝到一处。总和将是
隐身的国王。房子需要
我的什么？它是闻到冬天
味道的熊，继续移行回到山中，
肩担雷雨云穿过黄花地。
身覆毛皮的房子，
以黄昏为毛皮，金属刨花落于其后颈。
行走的房子，不停步的房子。

夜

你离开黄金言辞的、灾难性的房子,

而后,挺直或垮塌着,在穆斯乔*南部的 2 号高速公路上
　起伏

进入阿迪尔村附近干燥、有脱逃马匹的山岭,你正在老妇
　人湖

南部,咸水湖发臭,道路被从下方照亮,被照亮的水牛,

一口血的大钟在地下缓缓摇动,其后角度下降

进入阿西尼博亚的数字填图资本主义,一张有小巧、

坚实牙齿的嘴,北京明珠饭店里的咖啡和桂皮面包,

也进入首先想到的诺克格伦镇南部山区,草地上

有腿脚清新的月亮,然后就在边界前,靠右停车,没有

路标,一条阿帕鲁萨溪流,颤动越过未醒的、全然形而下的
　西面

道路,傍晚,太阳翻滚,你看到一切,犯罪的乡村,

乡村步出自己,乡村归途

在山口,右,左,然后过峡谷

边端,那里有洛克溪,金色

鹰之崖,鹿在斜壁峡谷间,散落处处的

---

　　* Moose Jaw,穆斯乔,城市名,位于加拿大萨斯卡川省东南部,
有加拿大最大的军用喷气式飞机训练基地。

小肚子和肌肉，移动的光。
去年的贫穷不是今年的贫穷。
反常的，爱上无家可归，欲望。
丢下卡车。劳动沿一条老路逆流而上，六点钟的
阴影在以草为发的水之上方崖壁挖洞凿窟，一味
害怕的鹿走回草中像星星们开始各就其位。
周围的小路像记忆中苍白的九九表。
你回来时羚羊的凝视将创建一个"琢磨你"的
小小家宅。
如果你幸运，你将要去流亡。如果你的幸运在握。

听

莳萝莓湖周围的土地，黑熊

波涌拱过去夏，摇摇摆摆，长出胚芽的热，

蚊子起球，滔滔喷溅，熊热闹嘈杂的肩

      在平展腐烂的湖之西北裂口处，

金字塔山的沙土色横陈在这里的

乡间，在莳萝莓湖附近度假，

邵文村、埃杰顿村附近的土地，

沿战役河展开，对它做深呼吸，森拉克在稍微

更西一点，毁坏了的沙路，狼柳的

鸟眼睑颜色，那里忙碌单身汉般的群峰，

一旦你进到乡间，八成事物入睡。绍文村的

咖啡馆，上佳汉堡，葡萄干派，满屋子的人，用蒸汽犁法处
 理它们的

胖女人和浮动在小屋里的闷声男人们。

但森拉克村的咖啡馆更好，沿墙顶排列的本地品牌中的

一顶皇冠（就像瓦马利村的酒吧），还有孩子们的

蓝色玩具在窗台上排排坐。

这里无时无刻不有在地下走动的人经过，

不是成群结队，时不时地三三两两，十八、九岁的

人，来自埃德蒙顿济贫院里的较年长的人，在地下，

      长着带鱼骨的羽毛，运带古老的水。

水黑如北京城北面紧闭的群山,红螺山
恰在方丈室背后升起,在那五世纪的空空
寺庙里,它言说的钟声被吞没,有弯曲、黑沉、厚实、眉弓
　状桁梁的
房间,有口盅形神龛在它身后其他山岭中,
这些疯狂的胡子拉碴的自行脱去其雄性之地。像莳萝莓湖
地区,那里休闲圣地反复翻牌像一片眼顶
　　草叶在数种动物的鼻子里。

即便语词之光

柏拉图正与约翰·司各特·爱留根纳①交谈;一位妙龄女
 郎,出自
一个高阶诗歌班,仰面沉睡在那喉咙里;诺里奇的犹
 利安②,
带着她的血颈铃;斯特拉的以撒③和《未知之云》④;
他们因夜晚离开活动范围来到此处,现在正在地下,
呲呲嘶鸣的橙翅蚂蚱环绕他们,
有灰,一只气哼哼的丧家犬,一头气味刺鼻的野水牛,泥足
 的月。
他们有一堆火,在74型普利茅斯车复仇女神Ⅱ号引擎盖的

---

① John Scotus Eriugena(约800—877),约翰·司各特·爱留根纳,爱尔兰裔东罗马帝国哲学家。通晓希腊文,曾将伪狄奥尼修的著作译为拉丁文,定名为《大法官书》。代表作有《论自然的区分》《论神的预定》等。他是中世纪新柏拉图主义最伟大的阐述者,建立了中世纪第一个完整的哲学体系,被称为"中世纪哲学之父"。

② Julian of Norwich(1342—1416),诺里奇的犹利安,著名的中世纪神秘主义者,英国神学家。生平不详,其名来自于她身为隐修士的圣犹利安教堂。她以《圣爱的启示》著称,该著作被认为是中世纪最重要的宗教经验之一。

③ Isaac of Stella(1100—1169),斯特拉的以撒,僧侣、哲学家、神学家。生于英国,后在法国熙笃会、西斯特教团修院等地活动。12世纪基督教人文主义思想先驱,提倡综合的新柏拉图主义和亚里士多德哲学。

④ *The Cloud of Unknowing*,《未知之云》,13到14世纪间,由英国匿名作者成书,广泛流传至今。其书为在灵修道路上已有准备的人,那些蒙召度静观生活的人而著。

防风墙后一窥究竟。在柏拉图的喉咙里是两个月以远的
$\qquad\qquad\qquad\qquad$一万只雪雁之火箭救生绳。
惊得呆若木鸡降临，嵌自己在他们的胸廓；这是
行一场哭泣，使其存在，绕着黑色火堆坐定，
交谈。火无光地燃烧，拖进一切光的翅膀
和躯干，甚至现在正被说及的光。
月末，八月末，世界的边缘，一众飞蛾的背上
沉重，都是眼睛，蚊子们触不到
在遥不可及下方的交谈者们，蓝色云团碾磨大地。
想象力已烧尽在他们耳朵周围，他们羞愧。
某种程度上，若无人注意，无此，万物都会落败。
夜晚，玉米在一座座花园里抽穗，一门艺术。
他们只在这里待了六小时，然后离开，有的进到石头里，
有的运货到怀特霍斯[①]北部。
没有刮脸，重击连连地困惑。

[①] Whitehorse，怀特霍斯，加拿大北部育空地区的首府，坐落于育空河畔，临阿拉斯加公路。

对此当无语

盆地湖,被挖空,赤条条到裤衩,起重机的
螺栓孔,搁置一旁,草身逸味,空无作胸,五月初的
       月亮。亚他那修①的
瞻礼日,尼西亚花岗岩脑袋稳定性的开端,绿色摇曳的
发白紫色冰在东边的勒诺湖面上,风砰砰地锤击它的
北面,光秃的低矮悬崖,半变质的午餐后月亮悬于
盆地湖左后方,碱湖,老人交谈的嘴边白沫标记
绕水而在,苍鹭以蓝色海岸之姿飞掠冻死的芦苇,被擦净的
风现在由北而来,草几乎移居进了火里,水牛壮
菜豆自地里抽穗,死脚后跟皮的
空气颜色,雪刚刚弃树而去,一些仍漂积
于山岭北面;原初本质
活得像在汽车旅馆里,在未上漆的小房子里,在
鹅的皮肤里,它不动弹,不说你好;过火后的草散发出马匹
 的味道,
意图明确的丙烷腿的风自南面而来。

---

 ① Athanasius (298—373),亚他那修,基督教史上的伟人。在公元 325 年的尼西亚公会议上,他攻击亚流主义,最后确立了耶稣和天父上帝是同一本质和平等的思想,为传统基督教教义三位一体的发展奠定了历史性的基础。他也是第一个列出今天《圣经·新约》正典书目的人。

鬼魂通过颤抖的世界,穿过这里的一堵墙,
趾甲的颜色,暗淡的光之骨,
锐利地,居于这些部分中的鬼魂走过。
将你的耳朵贴在地面,万物倾落。
这里没有对哲学的仇恨;沿着海岸
站在泛蓝泥浆边,一种新的公民身份出
现,拍打着它盲目的尾巴。

现在,升起,现在

我在约翰·卡西安①的嘴之船里,

  夜之色,脑为舵,杨木飘香,白杨照亮的

船,老旧石灰石船,死去的羊齿草压入船侧。这必须

保存为一个完整秘密,藏进你的右上臂脂肪里。

我们正出埃及,擎火把,居天堂,

燃烧一把把草之锁,精通当下,那里绿幽幽,当下是一只

兽峰在我们之下,运我们走出非洲。

  但他很快丢下我一人,我正穿越一处兔子灌木丛林,

羚羊领地,干草镇以东弓河谷,与老人河

汇流处北面,下颚谷地,它的骨头,它的

露天躺倒,发声之船上方

八、九英尺,胸腔锚拖曳于草尖

现出其上雪、风暴着紫袍降临,1号高速公路开始关闭,在这些部分的

意愿之尾,只有长长的谷物拖车雷鸣②穿行大暴雪。

而这地方在那事物的胃里,

---

① John Cassian,约翰·卡西安,一般认为是四世纪时的灵修大师,西方修道主义之父,圣本笃的老师和启导者。也有人认为他是伪造人物,原型是六世纪早期巴勒斯坦地区的修士"撒巴特的卡西安"。

② dundering,苏格兰语。

在呼吸的低沉处。

一双眼在柳树中,这棵柳树中,

  睁着。

***

在这地带,这迎风转向的某地,

是一个废弃的飞机棚,里面有 10 或 15000 平方英尺悬浮的

眼泪,一些接近于地面,一些稍高,机棚里的

空气,有雪莓树丛的颜色,那是沿温尼伯湖以西、落基山脉

  东面的

任一河流生长的雪莓树丛,孟冬时节,大部分的角铁

扭曲,沉睡,沿着一堵墙敞开。

斯特法努斯编记法①沿眼泪一侧展开。在泪之域

掘通你的道路,你

会一路瘦下去并懂得。

以这种方式没有任何其他东西能被读取;你必须

读懂,读——运起那铁锹:穿行

泪海,在其下撬动,一石之下一座花园。

听,听。

三年前,当那金色兽出现在我面前,

一个梳理熨帖的小太阳,窄路上,取我的味道,

---

① Stephanus marks,斯特法努斯编记法,《柏拉图对话录》文本的编辑方式。

它从其习性的长袍中走出,
它弯下腰来,取我的味道。
它迅捷地从藏在手心里的夜之地的树丛里出来,西面,
劳作之地,在我的气味之火中躺下,倚近
半弄皱我的油布衣,它的头锤向我的肩和胸。
那时我病着,记忆力拙劣。

《俄耳甫斯政治学》

生 病

我挖了道窄缝伸进没有地址的碎砾，
我挖了道窄缝温暖似手探入空气的水悬崖。
看着我的眼睛是一条背衬烧焦木头的河流炮弹般
曳过荒土劣地　纪律败坏、蜥蜴似的山，水在木炭渣的
主教法冠中运载必然之重　越过我沉睡在地的
头颅
眼睛那眼风劲吹的嘴，被爱推拉的夜之墙；松树在其中作三
　　周半跳。
煤炭蒙面的慷慨，姓名乌有。

*

两年时间里我们残桩矗地，骨作耳，烟为颊。
紧迫感，在一件破旧长袍里，于其拇指、食指间
夹住我的下巴，并解缰它的脸　箭步冲进
我的脸，它的脸　从我的脸中瀑布飞下的一只脚，一整天
说着唯一一词，十个词中的一词。
我将手指放进它嘴里，然后，病了，被检伤分类
勉强归作铁匠，小精灵，木质素溪
正卸载山岭，
它的鼻子是一只脚从我的脸中伸出，
骨粉，烧干了的线状溪，

闪动的鹿角，薄唇的猫，石墨粉尘，没有软骨的
溪流，我追随它们上行，带着一包烘烤过的沙，一包
摆荡的木棍，推在一辆购物车里，为那最顶端而备的
建筑材料，欧洲的静止不变肿胀我的膝盖。
我挖了道窄缝伸进无址之所，
膝盖探到一个蜗牛首幽灵的辐射，一座未被阅读的迦勒底
　　　　　　　　人图书馆在柏拉图翱翔的灵魂之下。
在那些石头小屋里，紫罗兰田野在地板下自一个世纪前
　　　　　　　放射火炮。

俄耳甫斯赞美诗

它从连绵数里格①的落叶护根中鲑鱼游来
     向着门翻腾扭动。
橡树叶的影子勾勒坑形在它的脊脉和脖颈上
 仿佛它行走在生物被照亮的胸口和屏幕之间。
它被捉住,在它的鹿角间打开的,木封面的十六世纪书卷
推算出我正生病。
我将这坚持到我正在干的事,躺在沙发床上,连日来
不曾拉撒,感染之马的骑手随其黑旗
来回冲荡。两颗冬日之星长着甜点盘脑袋
两个月前被钉在我的腹股沟两侧。
我被给予一护罩蜜蜂蜇扎的医疗津贴
在我的下巴下,最早的皮肤下,一座救助之桥,医药工业的
 袖子。
核磁共振成像技术问我喜欢乡村乐还是古典乐。
山茱萸树花开满窗绽一腔高涨的怨诉。
这东西的温度伸鼻掘进,像沉淀物已然成石。
一把刀等待,少女似的,在山下,翻转,再翻,小
 鱼在那条船底之下闪动,深信,那把刀,盘起其腿
而后将腿打开。

---

 ① leagues,里格,长度名,一里格约为三英里或三海里。

对天使主义的手术

放牧一层肥火啃进引擎热量的胸腔,火逆动的
蛙泳动作从肿胀电压患病的吸气中
      逸出香气。让这热量
松垮成不成样子的残羹冷炙;让它吃魔杖,
铁屑,绿石,死蓍草,吃从悬在右上方岩石里
鲁莽探头的语词,海豹的骨架;让它学习
  从嘴里嘶嘶起伏吐出完整的圣歌刀锋。
五磅重的火以重力对抗"猛冲"之麝香。
在引擎热量的胸腔里,一层脑震荡的地板;
鞭动着的光之头咳嗽在一股股气流的蹦床上,唱诗班
 在它们的外壳之上,它们陷进一个模糊但清晰可辨的
  圈里,那圈转动,是的,传动装置顶起头盖骨的圆顶。
你走进鱼嘴,那是西伯利亚公民,
走进鱼嘴,那是在火山婚礼上
      一位表亲的身体。
我们从结肠上段隧道出来上到岩架,恬美的
 鹿角从云朵之鹿的头顶散放烟霞。我们用这麻木的
         榆木脑袋造了个窝棚,
 我们在这高草中藏身。一根棍子会治愈我们。
你在鱼内脏中的眼被移来移去,犹如一根魔杖转动在黑
 暗中。

小刀贴合皮肤,向下纵贯。

        这就是政治。

政治学

势头之针在其榆树皮棺材里拽拉耳朵辨听

        在四英尺半厚的冰下,

经过赤杨树叶遮掩的窗户,它在那里流汗发抖,经过西欧夜
之骨瘦嶙峋的房间,液压积超过七十二小时
经过它们中产出的拉肢刑架,那是湖泊的尸体
在摊开手脚思考,然后是那些房间,它们的单人床耳朵,胸
 挺向
落叶松闪光的句子主干的要点,豹纹伤痕的岩石的要点,
   一只鸟展翅在峡谷

        填进物质中数英里之距。
这是哀歌①,"我愿依顺"② 之迷人的耻骨三角区在此。摆
 好桌子。
罗马烛光环绕太一化的③耳朵,塔耸的鼻子,
水猫的信息素;一只松鼠装死在绿

        云中,浸到底的味道。
一棵桦树漂流的指爪陷进了冰中。

---

 ① Tristia,拉丁语。
 ② serviam,拉丁语。
 ③ henosised,试译作太一化的。Henosis,希腊文,新柏拉图主义哲学中的上帝或部分的上帝。有联合之意,也有哲学家称其为"无"(the no-thing)。

长着獠牙的鱼不断啃啮雪泥。

耳朵被呻吟的锁链拖拽,尾随的一小群,沉于寂静。

黏稠，流动

向前飞，使劲，向下，模糊移动的马，
嘴啃下午的蝗虫咔哒作响，然后门作响，涂抹重量的黄油，
再去到门那儿，崩塌砰然砸碎进了所有裂缝中，
地心引力拥挤不堪的茎秆，地心引力倾斜的砾石麦田。
报废的停车库，泡水的柴油机，那些重量绽放的门。
一只手把自己关进胶原蛋白锁中，墙被掷出四分
之三英寸距离，当身披浪沫长袍的躯干雕塑切削过
兰迪骷髅纹身、片片浸湿的过火原木、片片齐腰长发。
希腊双耳细颈罐，可乐罐，山崩塌，
悲伤着腐烂，属于"无人"的重力花开。
还有在那些门里的眼睛，杂乱的海藻，奔忙处处的海藻，
在一个个门之漩涡里的气体。
还有门抬起它们的眼睛
         像举手伸向我。
而在下面移动的是吗啡之棕色鳟鱼不洁的猝然一动，
颜色变深的皮肤之狼獾微笑，
在矿物的明晰中嗅拱至它之所知：城墙里的城
         那里也许有十盏油灯劳作在所有塔楼中。

建　国

毕达哥拉斯，被切片、冻在冰箱里的猫，剥去法衣的沃尔玛
　导购员，
　　在引菌作用态中，脸被内陆山脉鞭出肿痕，山
　　　　　　　　　鞭动，研磨向前，作海豚跃、
　　　　　　　　　　　　　　　　　　海豚跃起，
进出于楚卡恰半岛被人工制品蛀空的腐殖土，
他的前额之球茎上是一铁篮卷发的油腻之火；他做着
　　　　　　　　　针线活，你可以想象一根金线
从他的睾丸上漏出拧着麻花旋转。
看他在阿波罗的马尾头饰里，一条租借的蛇披风，他的神情
　　　　　　　　　带着一只塞斯纳飞机
迷醉引擎的咯咯轰鸣，自风雪夜离开大陆架，
这是真正的惟一之父，振动在油腻的光中，而后
他落在一米高的沙砾堤后，黑夜就在那里；
白令海在苍鹭般闲暇的火山鼓里
旋动它的十九世纪传动装置，绘涂脚趾，拉斯维加斯化，
　　　　　　　　　魅力引人的火山，
所有毕达哥拉斯信徒都在它们附近冒汗。
所以你想要回家可没丁点头绪。
这儿有一个，一个神经节。
回想那裹着粗布、卷在风中的大腿将因其自身的欢娱

     走进燧石壕沟,

那鲸鱼骨必完整覆庇尸首,

那水缓缓爬进石头间 在这尸体上的 是天空金牛座

好了,现在进入滔滔不绝的嘴,沿着多茬的淤泥台阶

上到外科病房,穿过后,从静脉注射的林间

          抹去壁虎之网,

然后进入猛犸骨窸窣作响的杂物间。

现在将你很快就要被切片的大腿偷偷潜入板岩滑动的水中,

沉入,那里面有栋应许之屋,尺寸恰合你的

头、腹、腿,一本书中之书,书的内容

        写在书里书外,

一把钥匙,潮间平原上的白石针脚勾出其轮廓。

毕达哥拉斯主义

他水獭仰面睡在小小黑石之下,石头们在火

 之豪猪毛皮中,火在冗长的黑格尔之发里。

他被在他嘴里的摇来摆去掏挖、弄松,

那张更大的以鱼作尾的嘴之肥膘增他以肥,而

疾病喋喋不休的字母绕带他的肘弯。

在水之大地里,松林锣鸣、崩塌的棕褐

上下颠倒;他将把我们带回一个闪光的传说,

那顿大餐是我们作为被埋葬的儿子被孕育出来之地。

他的阳物被用作潜望镜,手腕推摇页岩舟之橹。

而现在他在二头肌的下方曲线之蓝面前,

那在低洼之石、蘸云之岩中的二头肌。

他沿着花岗岩里的一声叹息之建筑运行

他的观看之语言,那是一所狼獾入地的房子,有

      齐肩高的草屋顶,

涂抹着白黏土的墙,人们在那里有性、

有祷告。它狂热进入克吕尼修道院①而后返回,声音覆顶。

---

 ① Abbey of Cluny,克吕尼修道院,公元 910 年由亚吉田的公爵敬虔者威廉在法国克吕尼建立的天主教修道院。在这里创建的克吕尼修会是天主教隐修会之一,本笃会一分支,又称"重整本笃会",由伯尔诺创立于 910—919 年间。由其发起的改革修院之风在 11—12 世纪遍及西欧教会,世称克吕尼改革运动。

它步出静态,而后返回于丛林。
合唱中的沙哑岩石里连下三十天的雨之屋,
袖珍卢浮宫手心藏战利品一件,海
之耳的幽灵,天堂一叶。
他坐在它的工作台上,
遭重创房间里的唯一家具,
将他的眼插入它的车床。

神 通

因此：我们随尘土崩塌的圣经来到，亚历山大们，各种具一致性的

转变方向纷纷坠落，马匹拖着挂在咔哒之钩上的

蓝色膨体材料包，观片器，窥镜越过河流，往回一点儿的地方我们遗下

炊火，过了河到森林之拳中的

一片展开地，**研讨会 215b—216c 号**，

亚西拜阿德①在东倒西歪的蕨草、小灯、受精的、内里

会飞的带爪子的卵中被千锤百炼，在水上

搭棚架，我们认为那是舌头战车，

亚西拜阿德，那混蛋，在探出前爪的草、牙、麋鹿、熊中

           破土前进，

掌捆他，歌声在他皮肤上如油滑过，一朵奔跑的火焰

没进入，那男人，鼻涕在他大醉的脸上冲浪，交谈，

交谈，转脸向墙，交谈，在海豚附近（交谈），

 没下巴的，侧翼遭袭的咧嘴笑，海底的圣人言说者，

         裸露出河流的苏格拉底。

---

 ① Alcibiades（前450—前404），亚西拜阿德，雅典城邦的政治家，军事将领。苏格拉底的朋友。以其高傲、自由、富竞争性、永远争第一的个性和在伯罗奔尼撒战争中反复于雅典、斯巴达和波斯之间左右局势而闻名。

这便是回到从前。

黑暗之下，口中的一把小提琴山猫移动。

一面气候之鼓、性之鼓在牙齿下方。

一人鞭笞，那神携管长笛立于开端处。

于是我们回到从前，这是正在返归，

这是祷告的面包，被选中的亚西拜阿德进入他嘴里

鞭挞的口水，他已笑破肚皮。

于是我们回去，这是与没有手脚的

名字一道返回。

尼古拉·别尔嘉耶夫[①]。洛芮·尼德科[②]。

在一片海藻云中边睡边吃的鱼人 进食的嘴河般流淌：

他带有一只膨胀的圣餐铃在他腐烂的喉咙里，他

从在他尘土之喉里折断的草茎中 取来带肘沿的标记。

我们战栗。

[①] Nikolai Berdyaev (1874—1948)，别尔嘉耶夫，20世纪最有影响的俄罗斯思想家、自由主义哲学家。理论体系庞杂，思想精深宏富，一生出版有43部著作，500余篇文章。他思想中贯穿始终的问题是：人类何以会陷入悲惨、不自由的境地，究竟是什么导致了自由的丧失？其成熟的哲学思想以"客体化"概念来解答此问题，客体化从根本上决定了人与世界的关系，导致了人的自由的丧失，人因此陷入了完全异己的世界。

[②] Lori Niedecker (1903—1970)，洛芮·尼德科，美国威斯康辛州诗人，客体化诗人群中的唯一女诗人，她因示范以客体主义者的方式处理个人化题材而广受赞誉。

夜凝结在不上冻的走廊里

在鱼潜入水中的地方打断语言;
一处平浅的黑色湖泊下那儿有座城堡,鸭子们有被自行车
　　　　　　　　气筒打过气的白色脑袋,
厌倦了月亮的走廊,仍被那颗初升的碳酸钾核儿点亮。
以45度角照进,穿过天空干净利索地落下,下跳
又弹回,你将随团队旅行穿过一个玻璃质的地层然后另
　一个,
带些音乐,而当你在横风中迷失道路,
　　　　　　　　只有体力会是你的命运星。
滴答的月,风味独特的物体
尝来,听来如这城堡。
对于你,角豆注射器浅表、腐烂的水之味
是个兄弟。那桶山羊胡般地粘着一条条《后以赛亚书》。
我们将要取出麦子里的 我们的榆树小径和首字母山。
万物都必躺倒于砂石之上
且被未曾占用的黑暗
　　　其生长之翼横扫,
那黑暗乃分泌出守护神的药。

再 见

可怜的蹩脚货,我看到你了,你的长长牛牙,
胳膊的冰涂层倾注得到处都是,你脸上的
冰规模泛滥,浇铸你成一屋或一蒙古包。
透过它的五十度以下柠檬琴酒(如眼)昏花 我看到你
内里孤独在飞机的位置俯瞰一些食物的微积分,
你那欧陆萝卜、**网络空间**、白貂皮的脸。
我注意到你被钩挂于一艘有雪松树结的股骨船上,
上溯至海德堡人①的碳,
仍值得保存在锯拉太阳的母马马尾里。
你现在不能说话,你的右半边已被
掩埋,你总是穿戴好似鞭挞一切的黑。
我已变成那机器,所以能看见两只海蜇
那闺房的颜色对你的头脑施放缓慢的武功。
船已来到你的舌尖。
龙骨即刻被钉拴于七英尺大草原上
就在玫瑰镇以东,而你正在,正在前往。
(璀璨群星被涂抹了小提琴焦油的绳索牵拉)

---

① heidelbergensis,海德堡人,发现于德国海德堡附近的直立人化石之一,大约生活在 60 万到 10 万年之前,是尼安德特人的直接祖先。

这样,那么

某个穿着件氡马甲的人将诱骗植入

我的舌头致其惬意地在一库尔干的雨中铺开。

这是雨之巢,他说,在这里

草枝撑起的一匹疾驰飞马之皮将加入你。

正当那时上帝的嘴里灌满了铅。

在那时节,街上的人们,看似开始

耳中沁血。

这不是倾听的压力,他们

只是被某个移动过去的巨物剐蹭到,

箭矢的冻雨,易沉陷的石头陆架。

我盯着他们,绝顶,尖峰,登峰造极。羽毛笔在他们手中

脚出溜进我,越过

边界进入我,好像我正被架子鼓独奏安静、隐秘地

射飞。

让我们将恐惧尖饱蘸于恐惧中。

兰迪消停了,阿尔伯特在海浪之下绕绳下降。[①]

某物,所有我们从未说起过的,正从下

往上吞食。

[①] Randy, Albert, 兰迪修士和阿尔伯特神父是圣彼得修道院的僧侣,该修道院附属于利尔本在 1990 年代和 2000 年代初教书的大学,诗人写作《俄耳甫斯政治学》的时候,二人已亡故。

阿维拉的圣泰瑞莎①正坐在一把金椅子上，
在一座通过一根麦秆呼吸的房子里，那房子
地处僻远郊外，在那里她所言说——缓缓出其口
向她对抗之物扔鸡蛋——被沿头顶之上日益扩张的电线
　　　　　　　之嗡嗡声的后腿滋出的刺钉接收。

---

① St. Teresa of Avila，阿维拉的圣泰瑞莎，16世纪西班牙天主教神秘主义者、改革者，她是禁欲派天主教修道会的创立者，以《内心的城堡》等著作知名。

有人在白泥河谷建起非凡篱笆

从君士坦丁堡 乘他的杨树皮帆船里的火之自因之风
    返归后,他建起围栏,一册手工缝制的
    普洛克鲁斯①的《神学要义》
               在他那云杉成行之色的衣服里。
他唱或未被刺痛,或未被当头照亮,散发龙之味的篱笆
         从小石子 或对黑尾鹩来说过干的土地中来。
沙化、遗忘的围栏向他说出其被思索的道路,煮糊咖啡的
    味道,他人的老迈光秃,十月天里
        沉重的鸟儿,腐烂的木板,三枚被埋的指环。
那篱笆,在它来之前,向他公牛虎视,读他,而他
讲说它,而后他读他所讲说,然后他变作了这个。
我不知道过去他是谁,也许他能够在半空跳起、向后转体
    六英尺,他的眼睛向后翻,他听到
    电线为他震颤得厉害,他还使它开了花,
1068年红柳柳条将天堂绑定到在它里面的尘世,
    盐咸肌肉隆起的平地上一个角落里 公告一片绯色的神力
    之反复无常,
他曾在那地下爬行,在曼科塔村下面的河谷里冲埋电线,这

---

① Proclus (412—485),普洛克鲁斯,希腊新柏拉图主义哲学家,最后的主要古典哲学家之一,新柏拉图主义发展体系最精细、详尽的阐述者之一,对西方中世纪哲学影响甚巨。

行天工者,
女人恐吓者。他推开苦樱桃枯树叶、猞猁气味
而它就在他的舌头里,他带走了雪莓枝
他没有弄弯篱笆
而是将它辗平在光中,开-关-开,从一声声小小叫喊的
铁中费力而出。
后来我看到了篱笆,而且我能看到——有座
房子在白杨树之木中;我昏昏欲睡地想着它,被仿佛来自眼
　睛的
磁力牢牢吸住,那房子里有间屋像昆虫的肚子;
我昏昏欲睡地想着那间屋,被遮蔽的喉咙;我的耳朵告诉我
去那儿睡觉要走上十天,它只想
睡在那儿,在那间屋里　那儿香气四溢。

带阿维森纳*来,让他唱

现在我们来干这个。一次远航,是的,就像从前;再来,
　　　　　　　　　一场地下行走。
阿维森纳在月亮鞋底之上的 橄榄树荫之鞋中到达顶峰,飞
　掠而过。
我的父亲开垦 拖十块小麦田缓缓穿越充分言说的
阿维森纳跳跃,360°翻车转圈,当它空翻、晕头转向,
一场悲叹、阻挡机器的哀诉朗诵会在被碾成粉末的
　　　　　　　　　　　　　　麦茬中。
我的父亲用苏美尔文字把八根灌溉管道
背物带样顶挂起来,并将它们串在一起,装管嘴到水箱上,
他给南意大利污泥之脚,耳朵的一只西夫韦购物袋 装上进
　气口。
田地蜻蜓翔飞掠过他的白发。两个男人,
舞蹈似鹤,我的父亲被墓地注类固醇强固。
现在我们开始。一次远航,就像从前,
　　　　　　　一场地下行走。
一趟展翅航行,缝合在我嘴唇上的他的脸,我们迅疾如鸟飞

---

*　Avicenna(980—1037),阿维森纳,中亚哲学家、自然科学家、医学家。塔吉克人。在伊斯兰神学、哲学领域有巨大的影响力,持续到19世纪。传说他著述丰赡,有名著《哲学、科学大全》。其所著《医典》直到17世纪还被西方国家视为医学经典,至今仍有参考价值。

的嘴。

一场飘髯的航行。

维纳斯在五重天用钥匙刮擦出一个五角星,万物插其首
到万物脸上的运算之嘴里。好了,

我们将它回火在 圆锤头般地 一挥当中,而阿维森纳沿梯
向上

进到这首歌曲的面包里,现在它正进入这个烤炉。

它在言说

你名字的迅捷黑旗跳进你眼中。
你身在感染之洞穴,白镴
   之眠在碎成齑粉的燧石尖的一阵漂浮里,
      在岩脊之背上的表面砾石之下。
它开始言说。
一个燃烧的男人晃动在新月弧形鞋子的鞋嘴里;
      留下摩尼教徒独自待着。
波罗的海在融化。
你在感染之鱼里,那鱼在水的赘肉下带着白鹭叼伤之痕。
你在感染那起伏的鹿角里,
  被像一个人的脚迸发的跳起 扔过火堆的感染。
震惊的森林向南方呼喊。
你被钉在感染的柱子上,
从它的一只眼之牙上的火焰里建造家园。
人们用绳子喂养你。
那些门看见了你名字的鸟儿尽管它伪装
      成了驯鹿苔。
你穿着感染的长袍,那长袍是麦肯锡三角洲之光,它是
 你的,
皮肤,一个带有冰伤痕的名字。它走进你
   又走出来,树对树,对眼之枝。

哪个是驯鹿之光。

你在感染之马背上,在它瞬息的影子上,你的名字在那动物锯切的嘴里飞进飞出。

神圣的苦难

神圣机器的一间屋,又一间屋搁置在两片
　　　　　　　　巨大的抗生素药片上。
蠕虫之门,以水为皮,泛起涟漪,现出凹坑。
砖头外面,玻璃穿过玻璃掉落。
兴高采烈、字面意义的车轮螺母肥,带着历史的热量势能,
　甲状腺肿食品加工机,带着外骨骼切刀杆,转过脸去,
　转过去,理性之脸。
一饮而尽,喝下,型号①,你去往骤起的火焰
　　　　　　　　和有着性气息的海藻床。
出自药丸中、被单纯饥饿拆包了的目的论,其黑色
　　　　　　　　丝带在牡蛎贝冢云中震动向前。
刮脸,否则他们不会给你吗啡。
道路收集绿意,你忠实于床,被冷焊的
　　　　　　　　前额模糊不清,忠实于床单。
群山之下　在你面前握紧拳头的"晨时一点"
　之烧焦动物的鼻洞,风的雪茄烟卷,
是肉实的、尾巴鞭动着的隧道风洞。　　预备。　开始。

---

① kataban,日语。

伤　痕

单细胞的光，从麦子中来的草　雪中走远路，
结束之时，在它的睡梦中呼喊，
升起它的吊桥，在你的皮肤之上，变为
你的皮肤，生苔的岩石　机器嗡鸣着进入某个地方；一只密
　　封的"不再看"
之蜂眼药水瓶被剖开　通过在你左大腿上的
吗啡出入口进入你，
而你被哄骗随它进入。
如果前方有椅子，它们将造自箭矢。
现在，立刻，你一点点移动在中世纪的草叶之下，
在夜间磨牙的草中，有文盲之人的
长袍低语。它们粥状的、流动的、
原浆的梦必变为你的食物、政治、学业。
如果现在你打开你的钱夹，里面的卡
会是脸，拥有从披覆毛发的一扇扇门之上
显现的鼻子、嘴。

晚夏能量

向日葵,淋湿的麻雀,
它们喉头里的碾磨声进入弥漫地面的醋雾,
毕达哥拉斯在那儿,抚摩那头熊,
将水果、面包放进它嘴里,对它窃窃私语;
他们在二级阶地上,干枯的中国灯笼草之下,
伪装成一只狗身的种种隐形能力,狐狸没有彻底变
    成人,最后的终极因;
在熊的头骨里,有序的光正确无误地
返回,形成边沿。毕达哥拉斯已将
三小束植入熊,它最近一直在吃人,
   用爪指甲捕抓宇宙的顺风转向,流体重量,
直到"存在"之自身速度的珍宝箱将它放进摇篮轻哄。
水果和面包,触到嘴周围的毛发。
熊嗅着头戴王冠、深入股节的光飞扑而下的泼溅声
在他体内一再地顶至角落;很快他将跟随一股光
    上至集束山峰,
而我们,在房子里,将品尝疾病爬升
   在伸出于我们皮肤湖中的梯子上。

冬季能量

早上九点,月亮悬于法兰克山崩之上,
鲟鱼脊突般的岩石封冻住山谷,
月亮的权利第三次中断,
杨布里科斯①在它肩头,一只鸟,那"穿越光中的箭矢"
在喃喃自语。
沙洲闪烁。在这东西的耳中有知
知从中太平洋东部探出额头的 残桩翼翳的影子
砰然击中一处水下院落,它
朝山羊河迎风飘动,卡嗒嗒
进入甜草山,它的手红扑扑,脚掌红通通,
然后从地下轰隆隆返回。
我们想将这东西召进 我们在胡蜂航迹之针上的脸。
山丘是丸状的、隐蔽迷雾中
位居低处的眼。
水牛气味在院子里休眠的新结蛛网
肩头,这休眠亦在新生崖壁蕨草的水下石灰里。

---

① Iamblichus,杨布里科斯(约250—约330),新柏拉图主义哲学史上的重要人物,该学派叙利亚分支的创始人。他致力于将新柏拉图主义创始人普罗提诺的哲学和各种宗教的礼拜仪式、神话、神祇结合起来,发展成一种神学体系。他的神秘主义体系中引入巫术和魔法取代普罗提诺的纯精神和灵智。

缠绕我脚、手、躯干、臀部的
 黑暗在沾了面粉似的咸湿毛毡里,被蜂蜡
封口,迫我入店行窃进它的胸膛。
那动作在一顶冰雹雷动之冠、一顶
  关节炎痛的黑莓之冠中,
那人的变形,剩四分之一张嘴,八分之一张嘴,
       正长回为鱼鳃。

《阿西尼博亚》

【关于《阿西尼博亚》】

一 个 论 点

在此言说的声音将被销蚀，男人

"阿西尼博亚"（"Assiniboia"）是由在盖瑞堡的省府命名的，命名对象是先前与哈德逊湾公司交易的曾被称作鲁珀特的土地的地方，这些土地和西北地区一道在1869年12月卖给了加拿大，盗贼建立了我们的国家。哈德逊湾公司所售包括北纬49°线以北的几乎所有流入北冰洋与太平洋的哈德逊湾的河流所流经的土地，除了不列颠哥伦比亚省南部的美国殖民地。这个名字也暗示了革命政府成员，路易斯·里埃尔①和其他人，以及一种特殊的管理风格，一个想象的政府，多语言的（克里语，法语，阿西尼博亚语，黑脚族语，英语，梅蒂人语）、地方的、混杂的种族、天主教神秘主义，这个政府只存在了几个月，从1869年冬末到1870年夏初，1885年于萨斯卡川短暂复现。两个政府都被来自中部加拿大的军队摧毁。

------

① Louis Riel（1844—1885），路易斯·里埃尔，加拿大政治家，梅蒂斯人政治、精神领袖。他是提出建立曼尼托巴省的人。领导了两次武装斗争，红河暴动和西北叛乱。他被加拿大法语地区的人同情对待，他对魁北克和加拿大英语地区的关系产生了持久的影响。将他看作联邦之父还是叛徒，这个问题仍是加拿大历史上最复杂、最有争议的问题。

因为许多不寻常的人物出现在了这块土地上,一块梦寐以求的、圣灵显现的土地,一些介绍将按照以下顺序进行——1800年代晚期的萨拉·里埃尔①,灰衣修女会(圣玛格丽特·玛丽)②;苏赫拉瓦迪③,12世纪波斯哲学家和冥想者;卡吕普索,冥府使者,羁留奥德修斯的爱慕者;奥诺雷·雅克松,古典学者和来自旧西北的行动主义者,里埃尔的末任秘书;卡布里湖石人④,无数的石头人像卧在红鹿河和南萨斯卡川众河汇合处以北的山间谷底。这个剧中角色名单没有结束;这里城邦——这个人们重新居住的西部加拿大,要胜过生灵和人。所有一切都站起来歌唱,在诗歌这无墙的剧场里独自或合作演出。

令人惊异,有多少旧帝国的举止仍在我们中间生命力旺

---

① Sara Riel (1848—1883),萨拉·里埃尔,出自加拿大红河地区的第一位梅蒂斯灰衣修女会(Métis Grey Nun)修女。她受过高等教育,是天主教会中的活跃成员。最知名于她是梅蒂斯人领袖路易斯·里埃尔的妹妹。这段文字中列出和简介的是《阿西尼博亚》诗剧里的一些主要角色。
② Grey Nun,灰衣修女会,现在是六个独立的罗马天主教女性宗教社团,皆可溯源至1737年圣玛格丽特·玛丽(迪尤维尔夫人)创建的蒙特利尔总医院慈善姐妹会。起初是意图照料市内贫病男女的一个秘密社团。最初被修士们称作"灰衣",是个语言游戏,法语gris兼有灰色和微醺之意,微醺是暗指迪尤维尔夫人已故的丈夫曾是一位酿私酒者。
③ Suhrawardi (1154—1191),苏赫拉瓦迪,伊斯兰哲学史上最关键的三个人物之一,另两位是伊本·西那,伊本·阿拉比。苏赫拉瓦迪是光照哲学的创始人,建立了一套以精神之光的"照明"为核心的哲学体系。
④ stone Cabri Man,卡布里湖石人,卡布里湖位于萨斯卡川省切斯特菲尔德农业自治区。湖岸是卡布里湖石人考古学遗址所在地,许多人相信由石块堆出的人形代表的是一位萨满巫师。

盛。从定居者方面来说，反对它们的行动方式之一，就是以某种显著的方式，提出在西方文化传统自身中被遮蔽的神秘想象，鬼神的，欢宴的，并通过首先允许它自由游荡将它凝固在这片大陆上。军队的胜利，实际上，是一件神秘的事。汇集于此的诗是它的武器制造者。

乌龟山*

一个异乡人,狄奥尼索斯,酒神和神秘狂喜的神祇,清晨,降至山岭,言说

第一次我穿行此地
——看我多无头绪——第一个峡谷
活石山系①西部,我冲着獾洞
大叫,棍子杵到洞底想戳到
爱尔兰僧侣。
松雪满身坑洼,是个乖戾树瘤,对着潮湿的岩石
在五千英尺高处,烧焦的树延伸到山顶,
乌龟山,惨状缘自迷踪溪大火②,太阳
单身汉水壶铝壳上指甲刮出的一个点,
透过它看,山的猪脖颈和后脊
恍惚在动。
现在,雨的花般盛放横扫
北山丘起的峰刃。

---

* Turtle Mountain,乌龟山,位于加拿大阿尔伯塔省。
① Livingstone Range,活石山系,或音译作"利文斯通山系",位于加拿大阿尔伯塔省洛基山脉的子山系。
② Lost Creek Fire,迷踪溪大火,2003 年发生在南阿尔伯塔省的一场受灾面积达 22000 公顷的火灾。

树石——居于树上。另一干人等
跨骑公牛。
众物皆会点亮在泥土的满身暗夜之下的烛火。
羊自雪线纷纷而来下。
山岭,半已坍塌,一九〇三年,
七十人被杀死于山谷,
东北面,一个菱形标记在其谷角间令人毛骨悚然。
妇女们都留下
在梭鱼湖①一带,靠被改装的谷仓生活,
豢养一只装刀具的公用抽屉。
我经行此地,黑脚之乡②,
占据其位,死去人们的坏了角的商号
我的耳朵偷偷溜进,衔起冰川卧室里的
奶头,它正在寻找天使,那双生子。

---

① Pike Lake,梭鱼湖,或音译作"派克湖",在萨斯卡通地区由南萨斯卡川河的 U 字形河弯形成的众多湖泊中最著名的之一。
② Blackfoot country,黑脚之乡,指阿尔伯塔省境内的印第安部落黑脚族人的生活区域。

鲁珀特的土地

讲故事的人,被销蚀的声音,一处斜壁峡谷谷地,午后

*

狐狼溪不再挖洞,穿着内衣行走,载一截柳枝,
然后将自己置于
末山湖①的伤口里,那里一群鹈鹕,薄纸般的呼吸
   滑动着肚腹大摇大摆地走着。
而末山湖给出它所为,康复记录,莠草的无尽抗生滴注,所
 有它的衣服它的鞋,给予卡佩勒河②,卡佩勒
将它的财富放进阿西尼博恩河身体里(进入它的一侧),河
 道曲行,
   带着一个反嘴长脚鹬形钩弯,
从佩利堡③地区,卡姆萨克④,恩特普赖斯小镇,从明尼奇

---

 ① Last Mountain Lake,末山湖,也叫"长湖",位于萨斯卡川南中部草原地带,是于11000年前经由冰川作用形成的湖泊。
 ② Qu'appelle River,卡佩勒河,发源于萨斯卡川西南部迪芬贝克湖向东的一条河,此后汇流入阿西尼博恩河。
 ③ Ft. Pelly,佩利堡,曾是哈德逊湾公司在萨斯卡川省的毛皮贸易站,其名可能源自约翰·佩利爵士,他曾是哈德逊湾公司的主管。这一诗行中的地名都是河流流经的地方。
 ④ Kamsack,卡姆萨克,萨斯卡川省的一个城镇,位于白沙河汇入阿西尼博恩河的河谷。

纳斯山

大脸的，洋溢睾丸素的凝视中。

我们绝大多数的勇气都向着错误歪斜而去。

西面，卡布里湖石人①在盐平原上被撩拨、搅动起的光中沙沙作响。

巫医之轮（现在静悄悄的，运行缓慢），肺叶形山岭上圣者进入的凹地。

森科尔②排污池带回白天失落在极高处的所有物，

靠近阿萨巴斯卡③，那里河流装填北面它立桩围绕的屁股。

狐狼溪将它的鼻子塞到尾巴下面

这样夜便能够绕着它刺入。

*

森科尔雇了那位发明吉他的大师，手袋里的装弦乌龟

有几分邪恶，偷牛贼，带把刀的人。

他在玻璃地板上

滑动他反穿的、带蹄的，萨满巫师鞋。

没人听说过鞋子

可以那样用，在他这样干之前，鼻子在错误方法的腹股沟里。

---

① 参阅《一个论点》注释。
② Suncor，加拿大森科尔能源公司，总部位于阿尔伯塔省卡尔加里市。专供由油砂生产的合成石油。
③ Athabasca，阿萨巴斯卡，阿尔伯塔省北部的一个城镇，盛产富沥青沉淀物和重质原油的油砂。

白痴牛群追随他。

宗教长到了他的唇边像三文鱼寄生小虫。

在空气观众前单膝跪下，再一次，大帐篷舞蹈，演出拟人秀。

膨胀的三叉戟飞逝，因这个人对水之脖颈的窥视。

有点儿未成年，他携着自己的摇篮，

鞍褥里塞着各种各样的髭须，山羊胡和驾驶证。

赫尔墨斯（有人说），那宠儿。

他每晚猛烈地撞断琴弦，在拖车，在所有的帐篷里

追逐和弦，在石头的歌曲里拼命鸣响在煤上，从沙中提取

美妙悦耳的油。

他已看到活动

在克罗斯岛①，海莱夫尔②，契帕瓦堡③商人们沉陷小屋的皮片窗后的灯光里

鼓胀，尾巴扬起，还没有绕上他的头，专心地圈围，挑逗

翘起古老传说，

来来回回，举起他们，弄歪斜，他的眼中自一座建筑物里坠落的男人，

---

① Ile a la Crosse，克罗斯岛，是萨斯卡川第二古老的社区，在1779年时，已是哈德逊湾公司的一个毛皮贸易站，1846年时于此地建立起了罗马天主教传教区。

② High Level，海莱夫尔，阿尔伯塔省北部的一个城镇，1786年就有毛皮商人到达此地，但直到1947年才成为定居点。此地长期的历史名称是"干草地"。

③ Ft. Chipewyan，契帕瓦堡，阿尔伯塔省北部最早的欧洲人定居点之一。1788年时西北公司在此建立了一个贸易站。

抚平，抚平立柱耀眼的、摇曳的流淌。

记忆是他的心最甜美的部分。

*

靠近，并排站起。

带凸缘的雨云用大折刀砍切，在道森克里克①西南的第一片
  天空中被摧毁，

零英里，金色大道，

柴油机喷气，起伏，在汽车旅馆一侧货堆和带淋浴器的洗衣
  店前

一动不动；

天空的焦糊咖啡。

北面的青苔沼泽地闷闷不乐。

在纳尔逊堡②，交织着犬吠流音，

活动将他缝入的，中学足球场全音效

自后院消失五小时后，一蓬拉布拉多茶树旁，

他的狗群中一只两岁的抬起头。

凌晨三点，那个二十岁的女人，

---

① Dawson Creek，道森克里克，加拿大不列颠哥伦比亚省东北部的小城市。名称源自流过城市的同名小河。道森克里克另名"零英里市"，指的是它位处阿拉斯加公路南方的终点。

② Fort Nelson，纳尔逊堡，加拿大不列颠哥伦比亚省东北部道森克里克市以北的一座城镇。是 2009 年 2 月在原北落基山脉地区（NRRD）基础上成立的北落基山脉地方自治区（NRRM）政府机构所在地。

醉醺醺的，晕倒街头，

短裤挂在半旗高。

蒙乔湖①上空，小屋屋檐附近

燕子们雕凿看不见的某物，

每一道飞行曲线旁细长柔软的空气滑走，

切过悬挂的肉。

*

人们就像南加塔加河②上的根根小烟柱

等待天上落下的橙色食品包，

一群鬼怪似的雨水背物带穿过马斯夸科奇卡③梁脊的髋部

越过水的回转曲面，翻转向后。

酸气井在某地，附近某地的阵阵风击中闪闪发亮。

繁花盛放的力开出一道向东吞食的碎裂黑锋沿。

运送锯木的道路被浓密的低湿地翻犁，水上飞机转向

穿过

山林牛场

进到最底层，那里以页岩为后衬，化石作标签的蜻蜓

---

① Muncho Lake，蒙乔湖，位于加拿大不列颠哥伦比亚省北部，是蒙乔湖省立公园的一部分，具体位置在阿拉斯加公路 462 英里处。湖上有著名旅游度假地北落基山脉小屋（Northern Rockies Lodge）。该地也是以航空方式前往下文提到的玛斯夸科奇卡荒原地区的中转枢纽。
② Gataga River，加塔加河，流经加拿大不列颠哥伦比亚省北落基山脉里的一条河，利亚德河的支流。
③ Muskwa-Kechika，马斯夸科奇卡，加拿大落基山脉中最大的荒原地区。

群和刺耳的空气

还有一只马蝇被我的衬衫衣褶捉住,八月

暑热。

潜鸟,浸泡在元音里,

它们的语言娴熟地剔除了

辅音的骨头,达到了发明出最稀薄的可能的暮色之境地,

俊美的冷对悲伤猛击,于是一把黑曜石剃刀跃

上落在我们中央的铃绳。

清晨,在它们哭喊了一夜之后,三只潜鸟

向我走来。

*

北落基山脉将它的桌台置于雪之上,这楔形物,

花岗岩、页岩、冰川石炭岩。

蟾蜍河,乳状板岩——

腋窝疼,下巴疼——

在我们下面蜿蜒拧转。

一块海相化石寄居在北岸,

一副羽状角从前突部位漂流到该是肛门的位置,

一百一十三英里溪处,它看见一个角落里的一些标记,上面
 一侧,火迹地杂草,水下草

被碾成斑斑锈迹,在石头之上。

记忆是他的心最甜美的部分,他已穿行此地,

带着他的牛群,鞋子戏法神祇,鼻子贴地,

背着一只尖尖的包。

马尾云用大折刀砍切,在侧击
马斯夸科奇卡的风中被摧毁,群山的
名字远离滚边的衣袋,
群山的名字留在了草编筐里。

伦弗鲁堡*

奥诺雷·雅克松。革命家路易斯·里埃尔的助手,住在温哥华岛北部的奥斯普里小屋里,在监禁中说到,此后

人类社会要么必须提供一个机构:秘教是其中的有机组成部分,要么它就必得遭受拒绝秘教所包含的所有后果。

——亨利·柯宾①
《苏菲神秘主义者伊本·阿拉比的创造性想象》

水雾,
圣胡安盆地的煤烟,
紧急刹车松开,
金属上的金属,患梦游症的,
大剪刀向前,表演特技,
钢琴被从五楼的房间里推出,
胶凝成我们的墙
传出大比目鱼的谈话,

---

* Port Renfrew,伦弗鲁堡,位于加拿大不列颠哥伦比亚省温哥华岛西南岸。

① Henry Corbin (1903—1978),亨利·柯宾,法国哲学家、东方学家。在西方学界中,他是波斯哲学家在伊斯兰思想发展中起作用的主要阐释者,并以此闻名。

它们声音的油泡在盖子下翻滚。
十一月的雨斧落下，
落下，打扮我们的家
在每一猛烈和发亮的击打
之速闪长袍里。

毫无隐瞒——通过
被画上了生殖器的墙通过
它的菱形格子，鱼的
话语露出，醒来，崩塌，醒来，
远远不止醒来，然后皮肤窸窣声关闭。

穿过马路，向那奔跑的家伙
卡布奇诺咖啡机。
雪松哇喔，刀剑
在膝盖天空之下，朝着在坚硬的
并非真的可能的种子里的光雕凿，
砍掉芥子般精神错乱或狂怒地
要求升起的前面的流明——
云涌的火花之马群背上的
尖钉生物们——
接近
群聚空气的嘴。

每小时二十公里的转向旋飞我

飞越树林的炮阵，

海岸，魔鬼的牙齿，

在密封存在的冰之前

一直抵到扛枪在肩的雾。

从空气中的小穴

望出来，思考。

像奥斯普里小屋，二号，这儿，解决，不再穿梭往来，相继
　不断

萨拉·里埃尔①和蒂迈欧

在一座卵形坑屋里

勉强挤进雨中，在玄武岩般朗诵的光辉中。

这两位，这两位；

他们现在可能正骑着鹿

前进穿过树林。

---

① 参阅《一个论点》注释。

塔西斯*,西北温哥华岛,
语言说出的土地之边缘

当他结束发言,他再次转向先前用过的搅拌碗,他将宇宙的灵魂掺并融合在了碗里。他开始将剩下的先前的原料倒进去……

——《蒂迈欧》

鼓声和大提琴短暂重现。他们停下。

黑夜尽头,赫莫克拉提斯①从一片杉树林里迈步向前;他似乎在说话,向一群聚拢在苏格拉底周围的人嘶嘶啸叫。

赫莫克拉提斯:

因为你的为人
我们整夜无眠想着你关于城市和战争中的城市问题。
我们怎能献出你在真实行动的
不可靠激情中的所言所说?
海的影片,整个来世的一部故事片,
在磨秃的胶片齿孔中颤动。

---

* Tahsis,塔西斯,位于加拿大温哥华岛西岸的一个村庄。
① Hermocrates,赫莫克拉提斯,柏拉图对话集《蒂迈欧》和《克里提亚斯》中的一个人物。历史上的真实人物是公元前 5 世纪末时锡拉库扎的一位将军。

大海钻大货车队列般的一个接一个从句

钻深那声音里的枪膛,遥远地,北部海峡

滑动起它的全部车辆

从数个内部的车场,从难以想象的矿石里,

这些蜘蛛被裹缠其中的崩溃、腐烂物,

克里语句子,托马斯·卡莱尔的句子,彼得·洛姆①的……

我遇到某个人,在克里提亚斯②的住所外,

他可以站在人后,着一身行头的角力者,完全是我见过的样子。

世界之重的水——许多蒲式耳,成群的

宫殿,论文,都是一副杠铃状局面,深埋的

铀矿,性的垒球场——

它缘岩壁向下凿出蝗虫之色。

这大洋,北方,海沟之书,

水披着铁衫吟诵,

水举起它灰白尖端的灰烬矛阵

在海堤平台上堆叠许多皱褶,冲击悬崖,

那里一辆生锈的四分之一吨蓝色马自达顶着我房东油漆起泡的房子

---

① Thomas Carlyle (1795—1881),托马斯·卡莱尔,苏格兰哲学家、讽刺作家、散文家、历史学家。其作品在维多利亚时代甚具影响力。Peter Lomb,彼得·洛姆,指中世纪经院神学家彼得·朗巴德(Peter Lombard, 1100—1164),著有《箴言四书》,是中世纪各大学通用的神学基本教材,影响持续到 16 世纪中叶。

② Critias (前 460—前 403),克里提亚斯,古希腊时代雅典的政治家、作家。柏拉图的伯父。

停泊,房子在怒气中烧的凹地里浸泡在潮湿中。
大陆边缘,冰毒小屋,锡特卡①
    云杉,一台
在赤杨树林里嗖嗖转动刀口的雾的机器。
大海倒置并翻动、不断翻动它的黑石格言书
削刮这抄本的底部
在一块块肉上烹煮,
刮,不停地刮,大海
在它的胡须,它的沟沟槽槽的偏执狂里,
呼喊它的保护者,它的保护物,
保护者,保护物。
水永不会枯竭。
它清扫,洗净,汲出它的黑
血,从它的胳膊里,那公牛们波荡翻涌的床,它钳出血
用两根燃烧的火柴
俯看着带旋梯的风洞朗读血。
大海的尘剑,复式格言,它的自我揿伤,
不是选举出的叠加的背部,灰烬弧弯
在一支香烟上,堆垛得太高,塔立得
太久。

*

所以这异乡人,你将会听到这个,是吗?潜行到*水之涯*

---

① Sitka,锡特卡,美国阿拉斯加州一个市镇合一的行政单位,位于亚历山大群岛巴拉诺夫岛上。

或迹之尽客栈，浸染着白霜，那人，

携满腹数理知识，

说道，毛发茂密的人造得如同

这只海洋大碗中搅打出的果酱，这本

海沟之书，身着战士铁衣的大海，

高声地，高声地朗读自己。洪亮，水的

熊勒弗绉领，夜的密封斗篷。

窣窣作响，像装着麦克风的东正教法衣，海豹般滑溜的牧师

垫肩里塞着熏香，

移步进圆木教堂，熏害虫的烟雾弥漫。

放大的色彩幻变的丝绸，刮擦着。

此地为阿拉斯加摇动曲柄转动日晷，为西伯利亚挚摩其裆。

水獭的皮毛，残忍与禁欲。那是焦糊的味道

在卷紧的舌下，

用它的热力多么饱满地撑开口腔里的皮肤。

水横流坦白一切：黑暗就是它自己；

它没有路西弗的魔力或诡计。

两辆对开的冷藏车在士达孔拿区的坎贝尔河路上

擦身而过足足一百英尺的诡计在哪里？

大海是大腹便便的神圣起源之钢及其不朽，翻落，

深掘，然后飞掠回简单的空气，刀，角切割

铁丝，权杖，

钢高尔夫球遍地疾驰。

大海的胳膊被它自己的

短时握手拉脱。

许多挤撞的水,许多水的公牛
崩塌,扔掉
它们的伸缩翅膀,在嘎嘎的齐唱声中,
水的大地胡乱弹奏着饲养场的黑。
水,狼群拉着的一驾火山雪橇。

*

金色的,金色的灵魂,
你信吗,那被差遣来的人
在酒吧里闲逛,翻弄、旋拧
他的大起司嗓音,将盐扔过
肩头,一顶盐冠,扔到屋内屋外的多节爬虫上
关于它是什么,昆尼、乔治王
想不起来,
他那张政治局官僚勃列日涅夫式的旗帜脸猛扑在啤酒上,
焕然一新,他说,有翼的,当喷了香水的
活物研究之父吹起号角召唤
弱一些的神时,"我要由播种
一粒超级种子开始,大得像颗醋泡蛋的种子,然后把它
交给你们。"
随后他绕物旋转,那已然之物
是把劈刀,一枚大理石般冰冷的梭镖,黛青色,鲸鱼形,不,
等等,蝙蝠色,蝙蝠色的,在他的手里,
不,不,我正想着的是,一块精确的、危险的、蛙脸的岩石
他与同样变圆盈满、野马奔腾的碗高度合拍

碗里他已将一堆小行星驱动，展平，捣碎
那些运行，运行，运行，
事物们的运行，捣实粘牢彼此，太阳、月亮
闪亮到最后如一枚獠牙，当然，火
从急剧变化里汗涌而出，
像马群或羚羊，还
不是，
但已有了它们的一丁点儿还在内在状态的皮肤，涂在墙上的痰似的
粘在碗边，电子黏液，
不是最好的，乳突，几小撮，一点牙齿，可能会是，也许，
礼服上一粒裂开的扣子，
二、三等的纯洁度，
他再度又捣又切，于是那儿有，排版多余的省略号，
那内部，来自太阳，来自空气，赤裸的，绝对，确然，
从它自己的轰鸣中轻轻化出肉身，那灵魂，
在一蓬蓬劲旋的尾巴中，飞挤出泡沫。

大海以它的断臂嬉玩，
旋转，暴风雪在海的一个一百平方英里的截面
之上，移动，移动，夜被它吸进，夜
将自己的身体入鞘水中。

我们要做什么

*萨拉·里埃尔*①

水的象牙掘挖山脉,
精疲力竭,禁欲者,
带着只独眼。
雾摇摇摆摆地走着,海狮,碾磨这眼
成某种有用之物,
它大败退的黑暗内核
退为黑面包
而沉重的车轮被撞击力
撞凹了半英寸。
眼睛浆果乐观自身之乐。
现在它能够进入橡树根之垛下的
图书馆,考虑像所有皮肤下
吹胀的城市般遥不可及的密码
并接收流出正确语言的
无限可折的天线。
而这里,在强健的清醒里,水中完成的人的身体
发现玛格丽特·波蕾特②缝缀般的凝视

---

① 参阅《一个论点》注释。
② Marguerite Porete(?—1310),玛格丽特·波蕾特,法国女神秘主义者,《单纯灵魂之镜》的作者,以异端邪说罪被烧死在火刑柱上。

而它牵引那专心注目的衣裳
穿过它细细品味的手。

那么多东西依赖于

维特根斯坦威胁卡尔·波普尔①

用一把火钳

在道德原则不存在基础上的

道德科学俱乐部里

简单说来,事实上是哲学难题的

幽灵生活。

好了

然后有个理查德·罗尔②手持一碗

做成他心的火焰。

所以除了为春季迁徙的驯鹿

漏斗般穿过

而等在这些东西的山谷里

此外还能做些什么呢。

我们将占据卵形的

---

① Wittgenstein (1889—1951),路德维希·维特根斯坦,生于奥地利,后入英国籍。哲学家、数理逻辑学家、语言哲学的奠基人,20世纪最有影响的哲学家之一。

Karl Popper (1902—1994),卡尔·波普尔,生于奥地利,逝于伦敦,犹太人,20世纪最著名的学术理论家、哲学家之一,他的哲学被美国哲学家巴特利称为"史上第一个非证成批判主义哲学",在社会学方面亦有建树。

② Richard Rolle (1290/1300—1349),理查德·罗尔,英语宗教作家、圣经译者、隐士。

格拉维特时期①坑屋，屋顶是
猛犸盆骨
集合物。

---

① Gravettian，格拉维特时期，欧洲旧石器时代晚期文化，约两万九千年前至两万年前。居民主要居住在岩洞和岩石隐蔽所，但在俄罗斯平原人们已能用石块、猛犸骨和兽皮等建造住所。

《名字》

玛丽阿姨

一把黑手柄的大折刀
在轮船衣箱左侧,格拉斯哥山精
装满硬币,乔治·亨迪①,5 英尺 4 英寸高
敲着陡峭的
地下室楼梯底端。
看门人,差四分钟到午夜,
帝国石油公司在城市东北满地煤灰的雪中,
他从那儿偷来奶白色信头纸,偷偷交给我爸爸,
爸爸喂给我,他私藏下十万元
在绳子堆和空咖啡罐里
用于神秘的用途,立遗嘱给
他的儿子,那人只在意国王酒店的
火与影酒廊。
严重的喋喋不休,标准体型的行窃
在短滑道上,地球居民,砾石缝合的花园,
人的小小麦粒。只有新教徒运动
定量配给的神圣性
能忍受那——玛丽阿姨②的疤痕脸

---

① George Hendy,乔治·亨迪,诗人利尔本的叔叔,诗人相信他是从格拉斯哥市迁出的移民。
② 玛丽阿姨是乔治·亨迪的太太,在与这种悭吝、愤怒的配偶长期的不幸婚姻生活中,患上了痴呆症。以下几首诗中与"玛丽"有关的,都是诗人为怀念这位他非常喜爱的阿姨而作。

对我弟弟和我行拧来转去的崇拜。

她，出自德罗莫尔①污泥的稠浆，

穿过婚姻的针眼而得救

她的俏皮话去皮地成长，使得她的语言

成为一座森林，她最终穿它而过，

离去。

我看见她穿过我妈妈的纱门，

晚饭后数小时，七十年代的某个秋天，

闲扯着私属的痴呆症行话，

道格拉斯冷杉摇摆在她的锡沃斯印第安毛衣背后，

乔治前来，屁股带伤。

---

① Dormore，德罗莫尔，北爱尔兰地名。

美丽墙

温哥华岛之下
罪过卷滚在水的支座上。
一支支圣咏结绳而歌,我乘绳垂降,
我的脚趾碰到了长石有导管腔的地板
当我走动,检测、拍打缓慢转动的袋子
     我找到了一堆旧衣裳。
这里有萨拉·里埃尔①的信
卷成一团,塞挤在一只鞋尖中,
我捡起它们阅读。
在某封信的结尾处是对一份约翰福音的
金箔释经文稿的用法说明,
我也在其上用餐,
那里说只有名词
没有重量
从它那里溜走。
只有名词仍在烧煮晚饭。

---

① 参阅《一个论点》注释。

西坡,苏克山*

雪地,一个个轮廓清晰的
倾斜、起伏的长方形,溪湾
在浮云下切出伤口
知更鸟背之色,
而后一道双轨的坡口,
落进密实的绿中,俄勒冈
葡萄,当你跟定它,金雀草蓬乱
像屙屎的火鸡尾巴
直到蔓越莓沼泽丛,黑莓,潮池岸,
最远处的石头在大海的牵引之下噼啪作响。
我想我可能再次遇到她①,她仍使自己
与软软的咔哒点击似的说话声为伴,颠来倒去,
一只婴幼浣熊暖暖地窝在她衣服里,
她穿着她的齐身长围裙和缝线丝袜,
从某条停用的伐木道上走下来
那路布满被雨水过油的石头
穿着男式镂花皮鞋或几乎已无影踪了的伊顿拖鞋。
她的腼腆、可移除、生鲜鲑鱼的笑——她被逗乐,

---

* Sooke Hills,苏克山,位于加拿大温哥华岛的南端。
① 据诗人介绍,这里描述的是某次梦中再见玛丽阿姨,她的说话方式是痴呆症的症状。

被延展的田头事,稍离
被踏平了的
地面,脉冲袋,支撑着她,玛丽,我呼吸只为她,
但她已对我将不接受这的可能性做好了准备
而且可能会尴尬于溢了她满脸的
对醉酒的承认。

玛丽河,米兰

雪在身处险境的雪松树篱铺下厚厚一层,
  知更鸟和冬鸫鹩密聚
    其间,自冷中取枝。
一只鸫鹩盼着在棚屋顶种出一巢
挑檐下绕着整座建筑飞,
却一脚砰然误入了防浣熊电线。
季候的萧萧悲声。其意为何?
棚屋退入半英亩枫树、冷杉,
加入圆形角状山——

       我的身体——西侧悬崖边一株橡树的蔓生里。
夏天,在黑莓的剑戟丛后,有金色地衣的宇宙图谱
铺展于岩崖之上。
一棵梨树在面山的窗边——某个五月,一只红宝石喉
蜂鸟踞坐数周,于两颗豆粒大鸟卵之上
在苔藓和多肉植物的巢中,视线高度,
武装的、尖锐火焰,

等同或超越米兰的圣奥古斯丁①

---

① Augustine in Milan,圣·奥勒留·奥古斯丁(354—430),出生于北非,在罗马受教育,在米兰接受洗礼,后为希波主教,在罗马天主教系统中被封为圣人和圣师。奥古斯丁是基督教神学、教父哲学的集大成者,其著作堪称神学百科全书,《忏悔录》《论三位一体》《上帝之城》等为其代表作,对后世影响深远。

后是希波①的,在那里,公元421年,他三次写信

给君士坦丁牧首阿提库斯,确定无疑地,谈论性欲,"这一
  他沉思有二十年之久"的问题

但未收到片语回复。日益积灰,现在,在他六十多岁时,埋
  于乡野石冢。

阿提库斯握有故事:他死了,

他推断,没错。

山上有风游于岩石之下,

顺流而下,千风千面。

活力炸裂的风息,披毛覆羽。

我的七重骨架之名

辨出其味,

每张脸,一重香氛

并一名姓。于是我向风走来,

洁净无染,未携应被掘尸的计时机械。

但是他没有死。而是坐镇希波,

后更名为安纳巴,一座漂亮、乡土气的城市,坐落在我们的
  海②之错误一边

---

  ① Hippo,希波,历史地名,位于北非的古代海港,地理位置近今阿尔及利亚的安纳巴。
  ② mare nostrum,"我们的海",地中海的罗马名。

希波一等六百年,等来蜂拥的意大利、法国游客
前来收割空气,
就像莫斯特人①在这海湾里等着智人前来
凭几何学思考宣告这是他们的海滩。他等着他的信,几乎
陷进帝国的汹汹潮涌,
尽管如此,他脚踏多纳特斯教派②脖颈,
罗马在北,于他之上闪闪发光,一台宇宙图灵机
任何事都可能发生其间。
离开他。大抵不会有什么随此而来。
其后,马克思会解决小行星轮结构
运转这整件事。历史
滚滚前行
于本是河流的路面,可能是玛丽河流系统,
这些河,观念之身体的世界里,那无色的
碱性淋巴。

---

① Mousterians,旧石器时代中期的莫斯特文明,其创造者是尼安德特人。因 1908 年在法国多尔多涅省的莫斯特考古发掘出的人类化石而得名莫斯特人。

② Donatist,多纳特斯教派,四世纪时从罗马天主教分离出来的一个北非基督教派,它属于产生了孟他努派、诺瓦提安派等异端教派的早期基督教传统。

北方城市

理查德从一场暴风雪中重新组装好自己
他自纳尔逊河下游水路南下
在荧光忽闪的箱形峡谷里
得饮一杯少得可怜的茶。
理查德眼中弹动着两头狼,
一蓝,一灰,锁我于震惊,
在理想国茶室饥渴的、抱成一团的光中,
中国老板吉姆在柜台后游来荡去,
理查德端着骨瘦嶙峋的茶。
晚饭后,店铺前部
打湿的纸板箱,被鞋败坏的
冰,后部,绕着根电线的缝制布料
后散发出一点点烹煮的气味。
理查德坐在一旋转高脚凳上,他走进的那场暴风雪
穴居在他的外套里。
理查德-奥钢①,隐蔽的
铁颗粒遍及周身,
理查德-斯特金 [鲟鱼]②,

---

① Ogun,奥钢,是萨泰里阿教、巫毒教等宗教中位阶较次的神,是一位战士、金工神灵、"铁之神"。
② Sturgeon,斯特金,是英文名姓氏;也是"鲟鱼"。诗人在此语用双关。

正要聚集作一可能的加速

或猛冲之下的升起

在一个陌生人的车里，捻弄电线。

外面是冬天，零下三十度，狼群

现身水泥，弄碎余下的。

理查德垂眼帘隔开了我。

我对他说话，我不停地说，发送

向他脸的语流从其面上流走。

对他来说，我那是从他下巴下面

悬着的嗓子里起小碎石子儿，

他相信捉了我个现形，对正把他的尾羽

翻译成美元的我。

理查德-格伦德尔①。他转了转头

仿佛他先前从我身上接收到了一个遥远的、能指望得上的烘
  焙味。他的头转着，

脖子伸着，但是想着不，不，不，然后放弃了我。

他做戏的身体在上面游动

真实的他，是理查德-白鲸，理查德

燃烧在地下，水之洞里，

在富裕的南里贾纳从商人那里行窃，

碎冰锥，奶油保镖，他头发的味道。

---

① Grendl，格伦德尔，八世纪盎格鲁-萨克逊民族史诗《贝奥武甫》中的角色，嗜血的半人半魔妖怪。

巫术师，他将他们转化为收集的钱财

雇来一个底特律人干掉他；

理查德-俄耳甫斯①，他，

等着那人的飞机着陆

然后捅穿那人，等那人倒下，

一直拖着他穿过停机坪边沿砾石

那脑袋，弹跳拍地的鞭梢。

理查德的汤姆森冲锋

枪在一位表兄门厅冰柜的老肉块下。

中北部里贾纳的一个聚会

一天晚间，狼群

沿河湾上行，燕子们

飞成咔哒哒的椭圆掠过草地，

这个男人，宴庆后期，后来，悠游一刀捅进了理查德的
　腹部。

他们说刀就这么进去了。进去了。

然后那人走到外面坐进车里，

点上一支烟，副驾驶座，

宇航员从地球之上的难事中归来，

理查德血溅

---

① Orpheus，俄耳甫斯，希腊神话中著名的音乐家，他的歌声能移动山林、驯服野兽。

屋外，遍洒草坪，匕首仍在，

微微晃动，

从侧窗伸进手去

把他的雷霆铁拳一下下

砸到那脸上。

无人歌唱吗？

理查德向苍蝇喷烟雾

使它们平静，然后在它们的头部绕上烟线，

他将每根手指环上烟圈，弹拨

烟弦，仿佛有架钢琴出现在他的铬面桌之上的空中。

有一次他在河湾旁坐在树下

一本书来到他膝间，

一本书，飞越柔和的等高线，

飞越平原和顺次列举的河流系统，

雪之深处，然而，这书的内省之地，

无能抵达，向他而来，

理查德，向他而来，它烧焦的气味

仍在，《单纯灵魂之镜，那些被湮灭

仅存于意志和爱之愿中的人们》①，1310 年，它自六月里来，

那书来自一个巴黎的广场，那女人，

站在火中。

---

① *The Mirror of Simple*…，《单纯灵魂之镜》是 14 世纪基督教神秘主义者玛格丽特·波蕾特（Marguerite Porete）的著作，该书不为教会权威赞同，被批判为充满谬误和异端，后书被焚遭禁，作者受审判和处决。

玛格丽特·波蕾特将她的书推给理查德,他的水獭嘴,对他来说是条船,一种飞行力。

萨拉·里埃尔,女修道院,克罗西岛,1874[*]

一栋一层白杨木柱的建筑坐落在一处伸进大湖的沙角上,附近停泊着几只独木舟。看得见远处的两三座岛,但看不见湖的另一岸。她坐在一架钢琴前,在灰色衣服的阴郁环抱中,对她不在场的哥哥说话,他正被警察追捕,藏在加拿大东部。

1

这北方带我进入它的嘴,它那缺乏
  个体化的一张嘴,未被铭刻上文字的一张嘴——
河流,湖泊,松林,冻原。
松林,无穷尽的湖泊。
在歌唱中,克里页岩的孩子们——
向他们声音的两侧滑倒,我看见鲜活的可能性,
田野生长出可食的球茎,道路,生灵啃啮树叶,
关于一个新生国家的书籍,在那声音里蜷缩如幼鼠。
我们可以住在那里。
高原略低于从他们口中唱出的山峰。

---

[*] 萨拉·里埃尔,参阅《一个论点》注释;克罗西岛,参阅《鲁珀特的土地》注释。

先是我的肺瓢泼雨下

在那冬季归来的特殊时刻,两方泥沼

在我体内崩坍,在床上我池水一摊,

我的上半部分干燥得足够

作兴高采烈的火炬,进行终傅圣事传递。牧师说道,

  *向玛加利大·亚拉高*①*祈祷。*

我做了并且强迫要回了

姐妹们野蛮藏起的我的衣服。

我流血,我活着,我翻倍我的灵魂。

我返回如山土豆堆和渗水的盥洗间。

我应当埋葬我的名字

与生命一道埋于墓地的雪下。

我们只吃生菜

从妈妈种下的种子里,

那床活着,就在后门里面。

2

我的眼睛从第二世界

跌落,冒着烟,但被

一根从水中救出的爱之钢丝托住。

在这个活动的,这个有着伸缩绿、网格翅的一价物中,

我有我自己的矮人装备。

---

  ① Marguerite-Marie Alacoque (1647—1690),玛加利大·亚拉高,法国罗马天主教圣女、神秘主义者,赋予了"耶稣圣心瞻礼"以现代形式。

我闻着叶绿素的活动

而它嗅到我

因此我看见语言的骨架

在鹿的每一身体里,在梭子鱼的

游动路线里。我读它

意义它便朝着我、绕着我哼唱。

为泪祈祷①。我将会

成为我的眼泪的食粮。

我没有对鲁珀特的土地②投标。

我不是《条约6》③的签署人。

我从所有产生为问题的事物中

收集逃逸的声音,

收获它们,就像我收获菰米,

沿它们两侧温柔轻拍。

---

① Oratio pro lacrimus,拉丁语。
② 参阅《一个论点》中的介绍。
③ 《条约6》是当年加拿大政府与原住民族间签订的七条约中的第六个。《条约6》签订于1876年八、九月间,所涉土地为加拿大中西部,今阿尔伯塔省和萨斯卡川省的土地,签署的原住民族有克里族、奇标扬族、斯通尼族。

八月之末

安妮女王的蕾丝,野豌豆的

潜行在林中,白色

苜蓿摇落在最后的黄蜂之拳里,

尘土到处扬着粉笔灰。

废弃采石场里

火草的阴郁,

秋天的吸血鬼面容;

一叶飞落自海中浪来①

这是思考。

一狗吠叫,

冷倾倒它的炉渣

  用一把穿越天空的铲子。

忽略的贮藏物

在事物们的美丽拱顶里。

比我西斜的单坡屋顶上

湿透松针里的八片红梨叶要少。

---

  ① Ocean Spray,字面义为海之浪,首字母大写可以指北美的一种果蔬饮品"优鲜沛",但在汉语中两种译法差别太大(或译作"一叶飞落自优鲜沛"),但取其一。

黑木屋

黑木屋,勾勒着蓝边,那声音,
回到林中,哥舒姆·肖勒姆的
《主流趋向》① 骑在桌上,
漂移着,教唆梦的元件。
雪只是刚刚才消失。用尽的灯,
从外科手术成功逃脱的光和它的超级
吗啡迷你吧蜿蜒在窗上,
顽固的,或沉迷其中,卷发克拉克·麦克斯韦②
被扔鸡蛋、网络欺诈的进行中的置换,明目张胆地
祈求在空无里点画。就在这里载入。
花朵旁不结果的梨树在寒冷中
向前长出了一英寸,本初膨胀的
最初时刻重演。它的一根树枝
耙梳房顶。
阿多尼斯说物质的内脏朝我走来。
它们这么干着,走着好像知道

---

① 指犹太学者哥舒姆·肖勒姆(Gershom Scholem, 1897—1982)的一本著作,汉语译本书名为《犹太神秘主义主流》。
② 克拉克·麦克斯韦(James Clerk Maxwell, 1831—1879),英国理论物理学家和数学家。经典电动力学的创始人,统计物理学的奠基人之一。

它们迁入的身体是埃克托·柏辽兹①的
《幻想交响曲》,伦纳德·伯恩斯坦② 1968 年的版本。或是
《七条约的真正精神和最初意图》③。

---

① 埃克托·柏辽兹(Hector Berlioz,1803—1869),法国浪漫派作曲家,以 1830 年创作的《幻想交响曲》闻名。
② 伦纳德·伯恩斯坦(Leonard Bernstein,1918—1990),美国犹太裔指挥家、作曲家。
③ 七条约是当年加拿大政府与 7 个原住民族签订的条约,《七条约的真正精神和最初意图》一书记录了与其中 5 个民族超过 80 位老人的访谈证词,老人们坚持签订条约时他们理解这是一个和平的、与新到来的白人们共享而非交出土地的条约。

兔子湖木屋,初读《道德经》之地

四分之一英寸厚的铁炉,
一间宽敞的灰色房间里,面对面
山谷的骤降,内墙结霜,九十年代初——
除浸透樱桃色的黑前,还有哪里能睡,
一架雪橇,堆积物,一月嵌压于铁板一块的天空,
一只冬天的睡袋,鹿皮小地毯上,每隔几小时便醒来
添柴加薪,用厨房后结冰的柴堆上
破下来的杨木柴块。
后来我点亮一盏丙烷灯,
在火炉灶板最热的部分墩上一只水壶
沏速溶咖啡,看白霜的树林从黑暗中显形。
一个美丽的女人离开了我。
夜夜都是狂野不驯的星星,
下面的河流冻结了半英里
在动物穿越雪地留下的刮痕之下。
房屋寂静,即便在午前时分也退缩却步,
马毛沙发,就连墙上椭圆镜框里的圣经引语
都有种踮着脚尖的感觉;在这借来的房子里老旧原木
断裂,仿佛它们造了艘船
驶过有浮力的冷之大海。

走向吕斯布鲁克*的诗

九千加仑汽油从一艘切口纵深的油轮中

滑落黄金溪鲑鱼河

十分钟之内,了结了银鲑、胡瓜鱼和贝类水产。两英里外

瀑布边的羊齿草,太半

直立,在芬雷颂湾的

河口里,猛然弹动在上升气流中。

醉酒的司机,拖曳五十五英尺油罐

和小动物,沿着岩石切开他的装备,人们相信,

没有造成损坏,是在剧院里进行的表演

以邪恶的草叉,在从未被割让土地的

东岸刺探察特里普①原住民。

国家冰球联盟中心(退役的)第三线,

最差球员曾穿神圣的 9 号队服,

尴尬,从西边来的公寓化翻过

---

* Ruusbroec(1293—1381),扬·范·吕斯布鲁克,佛兰德人,中世纪晚期神秘主义思想家、神父。用荷兰语写作,而非通行的拉丁语。在赫鲁嫩达尔创建了斯定会修道院。其著作对德国神秘主义者若望·淘略(Johann Tauler)、创立共同生活兄弟会的革若特(Gerhard Groote)及其他神秘主义者产生有重要影响。

① Tsartlip First Nation,察特里普原住民定居于温哥华岛的萨尼治半岛萨尼治领地。

面朝水的斯戈特山,建成这区那园。

人们谈论约翰·博伦鲍①

的脑袋被踢 车轮被扎 因为抱怨

在去夏密歇根

根本不存在安桥公司②的清理作业。

狗资本在一个个狗屁股后面闻来嗅去。

赤杨林间裂出片片太阳。吕斯布鲁克

可以占据一所由这板材造出的房子,

地基略高于他的左肩。

地衣发臭,水下之石发臭,

桤木的根球和沙巴叶上浮着汽油的死肉。

我会看见十五磅尸骸,

数百个,有尾蛋形物一会儿回到沙砾中,在那水的两边,

每个十一月我都在这里,鹰

胖到飞不动,生物量以吨位计——全部干完

至少要两轮。

一只美洲豹两天后来到,

从马拉海特山出来的,不为捕猎,步履缓慢,

日上三竿时分,展出

它自己,活动它柔软的肩膀 在一群

---

① John Bolenbaugh,约翰·博伦鲍,在密歇根管道泄漏事件中作最充分谴责的人,因而安桥公司雇人对其进行恐吓。
② Enbridge,安桥公司,总部在加拿大卡尔加里市,世界上最大的管道建筑公司,位居世界500强企业之列。

转向河流生物学家询问什么的记者们
身后。她盯着那大猫,迄今她看见的唯一一只。
四代以前的人们称春天来到的
三文鱼,是冬天之后的
第一种新食物,令人同情的人们,在他们的
虔诚和雨季终了的废墟中总有运气翻覆,他们,
他们亲身知道如果大鱼不出现
他们就要报销了。
在北太平洋中消失了两年,
携带着电磁麝香的战栗,
他们跌进,飞掠而过的,鱼油。

一株白杨开花在另一边,落基山脉
较干燥的一边,在艺术中心
旅馆前,诗人们待在那里睡觉思考
记下措辞。白杨敞开
如全能者。正是复活节后。道路
因雪关闭。
这是某夜那只雄鹿用它的鼻孔指给我
事物之下道路的地方。我的结局是十天之后住进了医院,
骑上了中世纪传染病的兽角。鹿站立之处的山是,
或至少在那时是,一个重生的瓦勒度人①,

---

① Waldensian,瓦勒度教派,十二世纪兴起于法国的一种寻求以贫穷、单纯的生活方式师法基督的传福音运动,该派因创始人里昂人瓦勒度得名。瓦勒度派在教义上接近归正宗,长期被罗马天主教会视为异端,常受迫害。现在被新教视为宗教改革的先声。

就我所能够弄明白的而言,但我们可以

        对这眨眨眼。另一个故事。

现在我们去往赫鲁嫩达尔①,绿色山谷,

1359年,这首诗在那里被想望了

一会儿,扬·吕斯布鲁克,佛兰德人,禁欲主义者,坐在一
 棵树下,

受教规约束的神职人员,带着他的铁笔和蜡板,在所属教团

最远的地界。万物名字

之下的名字在这里

可以走上前来,

光滑、波样起伏如一群水獭。

他已在《凯特琳娜嬷嬷》② 一书中读到

      那修女说,

"阁下,与我一同喜乐吧。我已变成了上帝。"

这在他的喉咙中放了一根骨头,她的听者

据信是埃克哈特大师③,而吕氏想要琢磨

透联合如何不是同一,因而从他的鼻子中

得到了这对数,其罗曼司的殡仪馆

花香。

---

 ① Groenendaal,赫鲁嫩达尔,位于荷兰海姆斯泰德的中心地区。

 ② *Sister Catherine*,《凯瑟琳娜嬷嬷》,一本吕斯布鲁克希望对其进行批判的14世纪时的异端著作。

 ③ Meister Eckhart(约1260—1327),埃克哈特大师,德国神秘主义哲学家、神学家。在神学上主张上帝与万物融合,人为万物之灵,人性是神性的闪光,人不仅能与万物合一,还能与上帝合一。他的思想是德国新教、浪漫主义、唯心主义、存在主义的先驱。

在那味道稠密汇聚的苍翠山谷间
他工作于救主伤口的天国。
他干着内心
之嘴的活计
运营上腭的大厦,致力于
展开杯状拢起的、质地肉感的、藏身于
一片卷叶中的耳,它的机制和畅饮光辉,
剖成两半,颤抖的吃进:他收集
那风和射电,它们缠绕于
能被语言发出的声音,去到
语言之下的声音。
在那绿色土地里。
此刻在人类花园的皮肤下流淌着
  一条条蜜之溪流,
一座各种可能的味道之满座的
足球场,全被激活。
你坐在这些之中
并且征服世界,
你在草地的水雾中,那水雾
是膨胀精细的渗透。
他看到了无同一性的联合
是道德伦理和爱之所必需。

皮阔斯①组歌

半字组

语言出现如一船行

擦掠过十日雨落的树林。

我们能看见,它穿过烟或雾之尾,

人和动物毛发的小船,仔细

审视,树之发和斑斑

蘑菇,

老旧或焚毁的发之船,语言的气味,

森科坦语②,那船,舌头,嘴-悬停,在潮汐之域。

它最后冻成冰川的名词,被柔韧节奏同化的

嘴,舌头下呜嘘、呜嘘的声音,

海绵体般声门的咔哒。

它出现在多个版本中,嘴之船,在

每一个灯泡般赤裸的人身上,1.5 米高

头盖骨,最值得我们信任的,

---

① P̱,KOLS,皮阔斯,森科坦语中的一座山名,意为"白色尖顶"。

② SENĆOTEN,森科坦语,历史上,温哥华岛南部的萨尼奇半岛和乔治亚海峡中的岛屿上居民所使用的语言,现已几乎无人使用,居民多使用英语。

在某些点上,头脑。

每个点都推出电闪雷鸣,她的赤裸使死降临,

也即,缺乏同温层保护,于是一切都

刺戳它们,这伤害,力量

突然勃发,成为存在,几乎全部的船

发动穿越树林。

众皆闻见小小龙骨的

危亦福、乌厄福之声,踉跄

穿行北方雨林,

每艘船头探路缓缓行于树林间,

不太高的地方,山的西斜坡处。

他们呼叫彼此,另外

一些弱小安静生灵安全

待在船尾橹,仅有半

字音,小浣熊,

浆果鹃,羊齿草,风笛菇

皆转变角度朝向他们,

使一个微小的喇叭状外展

得以进入它们自己亲爱的自身。

贺婚喜歌

我弟弟和我,格雷戈和我,花了好几星期
等在河底下,瓦斯卡纳河,那时我们十或十一岁。
我们找到了各种各样的呼吸办法。
我们待在无路的部分,然后等在那
有独身麝鼠、反嘴鹬的地方,
我们向着纯洁之心工作,警觉的城邦,麝鼠窜过
我们对发生了什么几无所知,性在特定边缘的
不稳定性的点上,面对海藻和芦苇,
泥地里的青蛙和腐烂之味。
这些都葆有我们的名字。

妈妈喊我们进去,
晚饭后,萤火虫游过我们向着佩尔蒂埃家而去,在黄昏
里奔跑。
我们漫游到一处道路无基督徒之地
如我们预期,加入到婚礼游戏中——
与一条弯弯的小河,我们杀死的一只麝鼠,还有其他,
几只狗,鼠尾草,结束得很糟糕或
就是草草停下。
这就是那些在多肉杂草附近的夏天。

现在我在这儿。小木屋
——围墙里的花园——是那个头后的隆丘,

旧石器时代中期披毛犀的头。我几乎完全住在
这脂肥肉厚的宫殿里。
它在一个维度上猛冲但
在动机问题上,观察到
无线电寂静。
某颗晨星
余烬犹在,而后雨落。

风,吃重缆绳中

灰之色或图阿雷格-蓝①延展到

蛛网,而后面

一百只乌鸦的钉头饰

簇集橡树林和花旗松,

簇簇下沉的羽翎,

金翼啄木鸟,扇翅擦飞

山的西面;

蛛网似鼓

露珠溅血,

鼓面颤动,蛛网的

手鼓

几在雾中以露滴封喉,

丁香伸向檐口,杉木树篱

尖至某点,对吗?高处

右边,不是那儿——空气的本体,乌有

但天缘巧合的对接,诡秘的进入;

那蜘蛛,一根移动的指节。

忽动忽停,棕色智慧,

八腿针立,蹒跚而行。

一阵嘶鸣的奔行快速出水,

---

① Tuareg,图阿雷格族,北非西撒哈拉和中撒哈拉的柏柏尔人,喜着蓝色。

绕走半岛像条鲑鱼似的
风,龙潜月①初,穿它而过。

---

① 英文是"十一月",十一月在汉语中有冬月、仲冬、辜月、葭月、龙潜月等一众古名,因"龙潜"意象与该诗有天缘巧合之妙,故取。

错　误

乌鸦在后阳台上囫囵吞咽猫的屎粒

仿佛那应是战场上的根根手指，

斧头劈开的胸膛里的枚枚硬币。

鸦群之黑铆接起一座缓缓弓起的桥。

众名浮在诺斯替①的

声声振响和本性的泥浆中。

韦乇坦②，皮阔斯，铺着柏油的鲍克溪③，皮阔斯

西面，科尔多瓦湾，提克嫩④，雨把树叶水池下成麻脸，

明沟奔涌，剑蕨。

在过去的语言中，服务于餐的名字，

提供于床的名字，盘旋在它们诺斯替的声声振响中。

雨在岸边缓缓推开

像那些弓身的骑手或在盖瑞橡树村

爬进安静鸟巢的人。

鸦群黑如一座长桥上的铆钉。

――――――

　①　gnostic，诺斯替，又称灵知。作为教派，是起源于一世纪、盛行于二三世纪的早期基督教异端教派。作为思想源流的诺斯替主义，现一般被视为是希腊化晚期世俗文化向宗教文化转型过程中的一场大范围的宗教运动。现代学者普遍视其为对人类处境的一种独特类型的回应，其思想原则和精神态度普遍地存在于历史的各个阶段，并已体现在现代精神中。

　②　WMIETEN，韦乇坦，诗人利尔本现住所附近森科坦语中的地名，意为"鹿之地"。

　③　Bowker Creek，鲍克溪，位于温哥华岛南部尖端，起自维多利亚大学校园一处湿地。

　④　TIQENEN，提克嫩，森科坦语地名，意为"赐福之地"。

乌鸦的趾爪，乌黑的镣铐，

击打着阳台上有老鼠贴花图案的

猫碗之上漆成白色的金属栏杆。

乌鸦如何抽打那金属，

熵，错误，

然后从下面仰看我们，

轻点着它的头，从下面看上来，

埃勒夫希那①之眼，

在这欢蹦乱跳背后，无物安静，

干燥堆叠的墙里石头生苔，

雪松针叶，枝条，被拉低

钉头在 2×4 英寸旧墙板里，山中观景台

停车场里高尔夫球

被压平，躺在腐烂的树叶中，

假象，它们镇定下来，

对一道裂缝的感情至大量渗漏，

存在于我们体内的内在于事物的

兴趣，升起如一缕香氛。

---

① Eleusinian，埃勒夫希那，又称厄琉息斯，位于雅典西北约 23 公里处的一个小镇，因是厄琉息斯秘仪的发祥地而闻名。

蜂　鸟

一团雨中凝乳
被自身坚硬的力量加热
成煤黑的奶油面糊，
湍流延伸在
顺流而下的矛尖般
冬溪里：一只蜂鸟
在道格拉斯冷杉林冻墙前的
倒挂金钟后长胖。
在这只鸟武装着头盔的眼神中
我的脸是移动中的内部在造窝的
洞穴通道，被枯草
猛然拂动的梢尖触抚。
蜘蛛网细丝上结着看顾我的
歪斜的精灵，用新陈代谢的发烧
罩通体以荣耀光环，
在空气中心烦意乱，这只鸟，爆发
在空气的皮肤上，
黑暗中一片模糊或朦胧，
从清晨林中的门里望出去，
这只喷泉阵发的鸟，惊人地
幻象般速度。

山

风的一张张脸开始攉升

在我身后并且不再露面。

许多头、颈、面孔在那里。

月光抵住大地研磨,

早晨 5 点,产生的尘屑

能在舌头上被察知,在运动的

循环性中精疲力竭。

小屋之上弓弯的梨树

数小时后仍被这光的重量压迫。

我用手指沿它触摸以判定它的厚度。

我在流亡中。

伊本·阿拉比①,柯宾②说道,看着 huwiya③

神圣自性,就像阿拉伯字母 ha,

弥漫,以太阳为头巾,被置于一张红地毯上;

"在 ha 的两枝间是放射光芒的字母 hw(huwa,

---

① Ibn 'Arabi (1165—1240),伊本·阿拉比,著名的伊斯兰教苏菲派神秘主义哲学家。他将思辨的苏菲主义发展为系统的神秘主义理论体系,归结为"存在的单一"。其思想通过伊本·法里德、阿塔尔、鲁米等人传遍伊斯兰世界,为整个苏菲派的发展提供了理论框架。

② 参阅《伦弗鲁堡》注释。

③ huwiya,伊斯兰神学概念,词源学上来自人称代词他(huwa),可以理解为"神圣自性"。

他),同时那 ha 将它的光辉投射于四方天体。"

无用的梨树。

小屋踉跄向前

一个隆起的温暖后背上的角角落落。

附　录

英文目录

Contents

Preface

Desire Never Leaves　　　　　　　　　　Alison Calder

Names of God

Names Of God

　1 Love At The Center Of Objects

　2 Allah Of The Green Circuitry

　3 Light's Gobbling Eye

Theophany And Argument

Tourist to Ecstasy

Pumpkins

Fervourino To A Barn Of Milking Doe Goats

　Early Easter Morning

Call To Worship In A Mass For The Life Of The World

Elohim Mocks His Images For The Life Of The World

I Bow To It

Spirit Of Agriculture, 1986

Moosewood Sandhills

In The Hills, Watching

Contemplation Is Mourning

How To Be Here?

Restoration

To the River

Pitch

Slow World

There Is No Presence

A Book Of Exhaustion

River

There, Beside What Can't Be Heard

Dark Song

You Sleep Your Way There

Kill-Site

Quiet, Quiet

Its Seeing-perfumed Fist

Kill-Site

Boom Boom Boom

Great Ignorance

There

The Book That Changes Everything

A History of Waiting

Waiting

The House

Night

Hearing

Even the Light of Words

Nothing Should Be Said about This

Now, Lifted Now

Orphic Politics

Getting Sick

Orphic Hymn

A Surgery Against Angelism

Politics

Thickness, Travelling

Nation-building

Pythagoreanism

Theurgy

Night Clotting in the Ice-free Corridor

See You

This, Then

Extraordinary Fence Someone Built in the White Mud Valley

Bring Avicenna, Let Him Sing

It Is Speaking

Divina Afflictio

Bruise

Late Summer Energy

Winter Energy

Assiniboia

An Argument

Turtle Mountain

Rupert's Land

Port Renfrew

Tahsis, Northwest Vancouver Island,
    Edge of the Uttered Land

What We Will Do

So Much Depends On

The Names

Aunt Mary

Beauty Wall

West Slope, Sooke Hills

The Marian River, Milan

The Northern City

Sara Riel, the Convent, Île-à-la-Crosse, 1874

End of August

Black Hut

Rabbit Lake Log House, Where I First Read the *Tao*

Poem Coming to Ruusbroec

P, KOLS Song Cycle

Mountain

    Half-words

    Epithalamion

    Wind, Weighed in the Cables

    Error

Appendix

Contents	
Poetry as Pneumatic Force	Tim Lilburn
Afterword: Walking Out of Silence	Tim Lilburn
Walking Out of Silence	Tim Lilburn

作为气动力的诗歌

——2008年"帕米尔诗歌之旅"主题演讲稿[①]

蒂姆·利尔本

我的话题有关于诗歌在一个社会或一种文化中能干什么,它可能会是哪一种政治发动机。当然,我的兴趣不在于使诗歌变得有用,因为诗歌的部分能量来自想象它自身是无用的,我希望能试着描述出一些有关诗歌本质的东西。不过首先我必须介绍我来自哪里,这些思想产生自一个什么样的社会。

加拿大是一个相当年轻的国家,1867年才脱离英国独立,但在进入20世纪之前,它在思想和文化方面完全附属于其母国,前殖民地中心。直到1967年才出现了一种新的国家主义的、自治的思想,但这并没有走得很远。1869年,新成立的加拿大自治领从世界上第一个跨国公司,哈德逊湾公司(Hudson Bay Company)手中购买了极为广大的一块土地,哈德逊湾公司成立于1670年,自称是"冒险家们的公司"。这片新土地过去被命名作鲁珀特的土地(Rupert's Land),得名自一位英国王子,它包括加美两国国境线北纬

[①] 2006—2009年间,中坤集团资助的帕米尔文学工作室每年举办一届名为"帕米尔诗歌之旅"的国际诗歌节活动,利尔本参加了2008年的诗歌节,这篇讲诗歌功能的"无用之用"的文章即是他的主题发言。

49°以北的流入北冰洋与太平洋的哈德逊湾的所有河流流经的土地。公司卖这广大幅员和贯穿西部加拿大散布的300万英亩农用土地所得，是30万英镑——几乎是你现在在温哥华购买两栋高档住宅的价格。加拿大政府因这桩买卖得到了所有的地表、水、地下的各项权利；而这一地区已被证明极其地富含石油、天然气、铀、碳酸钾和各种农产品。政府和它的许可证持有者们已经从这一地区赚了许多万亿美元。

英属北美法案（The British North America Act），一项英国立法，是加拿大宪法的最早形式，其中，它承认它所称的"土著人权利"；也即，它声称一块土地上原来的占有者和使用者——那些数千年来在其上追猎、捕兽、打渔的人们——因这种早期的生计劳作而成为土地的主人。这意味着最初英国，然后是加拿大自治领与东、西加拿大土地上数不清的原始部族缔结了民族与民族间的条约，如和克里族（Cree）、黑脚族（Blackfoot）、欧及布威族（Ogibway）、迪恩族（Dene）、奇帕维安族（Chipeweyan）及许多别的部族，条约中土著人权利被放弃，用以交换被称为居留地的小块土地和像免费医疗、免税等一定的权利。签字之外的选择是无家可归和可能的战争。人们接受了条约，在大迁徙时代的后期从东北亚迁移而来的人们，他们的后代已在北美土地上生活了近两万年。（因此：原始中国人拥有北美的所有权。）

加拿大继续进行着对旧鲁珀特土地的开发，非常像哈德逊湾公司曾经的所作所为，只是范围更广、效率更高。原住民们，总的来说，在西部加拿大文化过去150年间的发展中处于并且现在仍然处在被边缘化的位置。欧洲移居者、矿工、石油开采者从来没有或几乎没有将自己深切扎根于这些流域形成的土地，也从来没有在这里形成一种深刻的家的意识——他们始终是一些冒险家本人、流动的劳动力、油井修建工、卡车司机、一代或两代之后破产的农民，统统走过此穿行而过。他们从未真正扎根部分是因为他们的心态始终是一种征服心态——征服人民、土地、河流——但也是因为一种一直延续至今的对这个地方和原住居民的文化、种族上的优越感。欧洲，还有不久前的美国，已经提供了文化规范，而我们，欧洲移居者的后代，使自己倒伏于我们相信正发生在那些土地上的东西面前。

所有这一切产生了颇为重大的社会问题，它们如此之大，似乎对我们来说构成了现实的本质，也因此，而极少被承认。移居者的文化从来不能够成为本土的，它深深地扎根于它找到自己的那个地方，它也从来不能在它的语言、哲学、文学的丰富性中向原住民文化敞开自己，因为这种征服和优越的精神状态。因此原住民仍然，将来也仍然是不被承认的、被剥夺的、不安的；而欧洲移居者的后代们将总是感到他们漂移或游离于他们所在的地方，不能扎根于这些地方甚至不能扎根于他们自己的身体。因为他们很少感到与他们所在的地方有真正关联，他们对资源的开发，像对阿尔伯塔省东北部的油砂，出自那里的"肮脏石油"，也往往会是残酷无情的。对像这样难以处理的心理-政治问题该怎么办？它几乎是一个工程学问题：你如何去动手举起一个如此巨大的社会、文化重负？也许那是不可能的。

我对海洋工程学所知不多过报端阅读，但是我懂得从深水中提起巨型物体的最有效方式是在这些东西上附上浮动设备，首先沉船，然后给这些浮动设备充气。我想向你们建议：诗就是这样一种举起显然是难以撼动的文化和心理-政治问题的浮动装置。在我们国家的大多数人，包括多数诗人，大概都会觉得这一主张可笑。处理像这样的巨大社会问题，诗歌远为边缘，太不重要了。一些人，甚至一些诗人，认为诗是一种纯粹的装饰性艺术。不过请让我试着解释一下我的意思。

诗歌是一种具神通的力量，少数几种仍活跃的该类力量之一种。"神通"（"Theurgy"）不是一个常用词，三世纪时随着像叙利亚新柏拉图主义者杨布里科斯[①]这样的哲学家出现在西方智识传统里。它意味着神的工作，也指通过仪式实现的治愈、治疗变形。所以诗歌作为具神通的力量是一种神秘装置，是能够改变一个人的某种东西；也即，它有能力穿透一个人，使他或她得以重新定位。它能够提升、翻转；它是一个气动、液压仪器。爱也能够以这种方式运作，因此能够是某种哲学形式，因此能够是获得灵感启示的心理诊断。诗歌通过它的音乐性，它的重复再现，它的关注细节，它的速度，能够这样运转，能够实现它具神通、变形力、治疗的功效。让我用智利诗人巴勃罗·聂鲁达（Pablo Neruda）的作品来提供一个例证，虽然我也可以选择许多其他诗人。

巴勃罗·聂鲁达在他的作品中把握住了个人的和政治的

---

① 参阅《冬季能量》一诗注释。

这两者。他大部头的《漫歌集》(Canto General) 像一座火山矗立在他诗歌事业的中央。这部作品写于他快 40 岁时逃离冈萨雷斯·魏地拉 (Gonzalez Videla) 的逃亡途中，彼时被推选出来的智利总统、社会主义者魏地拉很快变成了一个右翼独裁者。聂鲁达曾在竞选运动中支持过这个人，因此对背叛选举感到格外痛苦。顺便一提，魏地拉还曾是一位名叫奥古斯托·皮诺切特 (Augusto Pinochet) 的年轻军官的导师，他让皮诺切特负责一个在智利干旱的北部关押左翼分子和其他人的大型集中营。皮诺切特，后来在总统府谋杀了萨尔瓦多·阿连德 (Salvador Allende) 成为了智利总统后，在他自己的 25 年独裁统治期间，继续践行着甚至更为黑暗的统治艺术。《漫歌集》中有两首重要的长诗源自这一经历，《马丘比丘之巅》("The Heights of Macchu Picchu") 和《伐木者醒来吧》("Let the Woodcutter Awaken")。我将稍为详尽地引述后一首诗使大家对它的音乐音域和结合在这音域中的政治、情感的力量获得一种感知。

> 科罗拉多河以西
> 有我热爱的地方。
> 我用所有我过去所是，现在所是，
> 我所支持，和在我体内散发的
> 每一脉动的事物促进那里。
> 那里有高耸的红色岩石，荒野
> 狂风的千百只手
> 赋予它们建筑的构造：

隐藏的猩红从深渊升起
且在它们身内变作铜、火与力。
美洲如一张野牛皮竭力伸展，
纵马疾驰的空阔明净的夜，
那儿，向着群星璀璨的夜空，
我畅饮你的杯中绿露……

我爱农夫的小屋。刚做母亲的人
睡眠香甜像罗望子果甜浆，亚麻布
熨得味道清新。炉火
烧旺在千个洋葱环绕的农家。
（当男人们在河岸边歌唱，他们
声音沙哑，像河床里的石头：
香烟从宽叶烟草上升起
像一个火的精灵，来到这些家庭。）
到密苏里来吧，看那奶酪和小麦，
芬芳的餐桌，红如提琴，
人们航行于大麦海，
新上鞍的蓝色小马闻着
面包和苜蓿的芳香：
钟声，蝴蝶，锻工场，
乡间破败的电影院里
爱在大地生出的梦中
张开了它的牙齿。
我们爱你的和平，而非你的面具。

你的军人的脸并不美好。

……我们爱

你的城市,你的物质,

你的光亮,你的机械,西部的

能源,和平的

蜜,来自蜂房和小村庄,

坐在拖拉机上的巨人般的小伙子,

你们从杰弗逊那儿继承来的

燕麦,飒飒作响的轮子

丈量着你们海洋般的土地,

工厂冒出的烟和一个新的

聚居地的第一千次的吻:

我们爱你的劳动者的血:

你的满是油污的人民的手。①

《伐木者醒来吧》("伐木者"是林肯)——事实上全部史诗《漫歌集》——是要想象出一个对抗物,以对抗在1930至1940年代西半球出现的欧洲法西斯主义的威胁;对着这不祥的可能性,它挥舞起了一件政治-音乐武器。这本书写于西班牙内战和斯大林格勒战役的阴影之下。这一部分的《伐木者醒来吧》——它展开得更为充分——似乎盘旋在前来探访的 UFO 的高度,在整个大陆上从一地到一地快速

---

① 该文中译者译自杰克·施密特(Jack Schmitt)英译。

转换。你将会注意到聂鲁达式的语言混乱，不连贯的意象互相落在彼此身上，看起来好像是一种对诗的节制的拒绝。然而，这种对控制的放弃不是对技艺的拒绝或缺乏技巧，而是一种对阿波罗技艺和神通技巧的采用。在聂鲁达所喜爱的惠特曼的作品中，你会看到相似的选择。聂鲁达正让他的内在本体，那最深的无意识，以它不连贯的、联想的方式言说。

我认为在聂鲁达的诗歌里有三种神通或仪式的变形力量——其壁画主义（muralism），它的兴趣在于个体和它的速度，它将许多奔跑着的不同事物汇聚一处。聂鲁达流亡居于墨西哥期间从著名壁画家迭戈·里维拉（Diego Rivera）和大卫·西凯罗斯（David Siqueiros）那里学到了很多东西；通观整首长诗你能够看到一个与他们那横扫一切的历史景观相似的东西。在洋葱环绕的农场房舍里，伴着曼哈顿轮船甲板上的月亮，在杰弗逊的燕麦里，历史和当前经济活动的巨大跨度在单纯的一瞥中被把握住：我们感受到了历史的调查员、审视者们，而不是它困惑的牺牲品；我们带着反思接受它，而不是被它踩躏。伟大的立体图景被展示，我们平静地看着它。这首诗是赋予马克思主义或黑格尔哲学的洞见以力量的时刻，并且有某种能力甚至是控制权随这种洞见同来；我们看到事物是怎样的，它们必然是怎样的，并且在此中，密涅瓦的猫头鹰的意识，也就是哲学理解，（如黑格尔在《精神现象学》序言结尾所言），开始它穿越知识领域范围的阴沉飞翔，我们在铺展于我们面前的东西里理解必然性。并且在这横扫一切的景观中明亮、瞩目的特殊性是钉头。用他们烟叶熏燎的嗓音在河边歌唱的人们，在"爱张开了它的牙齿"的残破失修的电影院里的人们,这些场景精心呈现的细节,它们富穿透力的品质,产生作为一种精神训练的移情作用:我们被这些急剧出鞘的意象、经验的闪光抓住,我们因此忘记了我们自己;我们在出神状态中细查那些物体和场景;一时间,对那些人们,他们的行动和他们家的芳香,我们给出我们全部的心。

在这首诗中最后的神通运动是让不相像的事物做极危险的跨行运行。这些奇怪的或被怪异配对的物体、拖拉机、河流、工厂、衣物、轮船和它们的味道的清单,清单条目快速穿行,没有停顿、迷惑、缴械;事物本性的漫画被动摇,给新的视野腾出空间——这里是一个随意个体、人类、非人类的联邦的视野,被一起网罗进一个首先仅仅存在于耳朵里的共同体中。聂鲁达没有宣告这些立场,至少不是在这里;他什么也没有告诉我们——这样《漫歌集》的这一部分不是特别说教性的——但是他在读者身内演出它们。它就像有人在你睡着的时候用金子装填你的地下室,如天主教的圣十字若望说到的某种不同的运作,天恩的作为。这首诗的重要性,它具有最伟大生命力的地方,在于和神通-政治的效果、赋予力量的壁画主义一道,诱发出的移情共鸣;通过在诗的表面之下运作,但受到表面的音乐和意象的帮助,在耳中建立起来的一个夸张地包容一切的社会小模型,通过具体性,共鸣得以实现。这里这首诗演出了一个赫尔墨斯式的心理盛景(Hermetic psychopomp),扮演了一个精神向导,形成了新的政治视野和对不同的超越了自我的事物形成了新的情欲忠贞。这些内在的效果使得诗成为一种似乎讲得通的、奇异的气动装置，得以举起一个巨大的文化、政治重负，而不将其交给党派政治。它们也养育读者的内在生命，一个苦行主义实践——反对剥夺公民权的意识，反对原子论和其无望，运作起来。

像《伐木者醒来吧》或杰弗里·希尔①的《爱的胜利》(*The Triumph of Love*)，或我自己最近出版的《阿西尼博亚》(*Assiniboia*) 目的在于获得智力的、有改造作用的雄强有力，这是教条的、纠缠于表面的现实主义所不可能获得的。（顺便一说，我并不是要声称我的书和聂鲁达或希尔的一样杰出。）诗歌，依我说，也许哲学的某些形式，是我们唯一能够处理——举起、提升——在我国的某些政治问题的方法。诗歌不能够做得很高效；当它开始尝试，它一定会不可避免地显出可怜相，但是实施气动的、神通的权能是诗歌自然的、不必殚精竭虑为之的本性。

---

① Geoffrey Hill（1932—2016），杰弗里·希尔，英国诗人，20世纪最重要的英语诗人之一。先后在英美多所大学任英语文学教授。2010—2015年，任英国牛津大学诗歌教授。自1959年出版《致未堕落者》起至2011年《钥匙》，共出版了近20本诗集，还出版有其他文学与语言批评著作。荣获诸多奖项。2012年因文学贡献受封为爵士。

跋：步出沉默 *

蒂姆·利尔本

上世纪五六十年代我成长于里贾纳，是一位邮差和服装店员的儿子。我父亲是从二战战场归来之人，他是一名负责车载火炮（一种没有顶罩的坦克）的陆军中士，见证了在意大利和荷兰的战争。他和我母亲相遇于1939年夏天的一场舞会，有六年之久他们每天通信，但是一旦归来，他渐渐变得绝对安静，对他妻子、我弟弟、我绝口不提他在欧洲的所见所闻。那沉默，怪异、富诱惑力——它便是战争本身——成为了我们家庭的第五个成员，在一个个下午稍晚时分加入到我们中，那时间在父亲三点出去工作和五点半母亲回来之间，也在晚餐时，父亲缺乏耐心和省略了技巧煮出的晚餐。在我整个童年时期，他的军服都罩着塑料袋挂在地下室里，紧挨着妈妈的下士空军制服。

我们整个家庭都不太有话可说——父亲保持着三缄其口的爱尔兰清教沉默，母亲这边是乡村的寡言少语。我在农场的表亲们每月说的话也就一个段落挂零。再说那时我们是工人阶级：细致复杂的交谈是我们无力负担的奢侈：如何偿付高价的天启？我们是那时尚未出现文学的西部加拿大的归化者；言说是意在获得度日土豆的简单工具。曾经，一个作家

---

* 该文原为诗人为其英语诗选《欲望从未离开》撰写的《后记》。

可能来自里贾纳,或住在那里,是不能当真的;文化发生在别处,更东边的地方,如果不是在大西洋那一边的话。也还有某种对我们不寻常的失语之裁定:我们安静,在很大程度上,是因为我们——内陆居民,劳动者,注定就是这样的。涉及到我们自己和我们之所爱的语言会被认为是冒昧放肆的,打击到甚至我们自己。我们,殖民地移住民,是被殖民统治的,没有语言来表达这种状态。想到我自己是个诗人仍颇感奇怪,尽管除此皆非我愿。但也许我们保持安静也好:适驶离旧国下得船来,关于新土地我的家庭又有什么必得言说的呢?(对我父系方面来说这么问更为公平;我母亲方面,分得土地的宅地人,至少知道浆果在哪里,能用它们来干什么。)

❖

诗歌是一些赞歌或对世界细致、孤独的悲叹;总之,是世界自身运带它们前行。它们是事物的无言状态成熟了、迫切地要求进入语言。诗人贡献聚精会神、渗透性、一种具勇气的闲散,但令人惊呆会发生其间;诗人彻底搜寻诗行,直到它们到达他带给诗行的能多接近发光就多接近。但是另一种沉默能够成为供你栖居的空间,一个等待的空间,一个是种听觉的空间;写作是这种可得性,倾听是剥除的场所,事物隐藏的生命,南瓜们的、白杨林的,于其中都可以被转写;写作主要是这种伸颈以眺的安静。

最终被吸引到神秘祷告上的人陷入了不信任语词运用和离题了的原因中——也不是有什么力量将他们拉近他们之所

寻求。他们不是蒙昧主义者,而是贪心,他们混成的胃口将他们缩简成为对上帝的一种"无隐无饰的全神贯注",像十四世纪神秘主义经典著作《未知之云》①的匿名作者所言,一种从语言、思想、形象中解脱出来的彻底的渴望:在这种活跃的、急骤的无声中,他们逐渐步向了一种永远抵制人嘴的更深邃的语言。诗歌并不想要这种祈祷之所欲,尽管一直有很多冥想者诗人存在(霍普金斯[Gerard Manley Hopkins],十字若望[John of the Cross],鲁米[Rumi],王维),但诗歌之空只是貌似默观祈祷之空——它是情欲的、无先入之见的、随时准备应对任何情况的,缓慢地——被洞察力轻轻牵引着。

在我父亲的制服下面,塑料袋的模模糊糊中,是一只蓝色的扁衣箱,同其他正缓慢碎散掉的东西在一块儿的,有一大块 1945 年初秋时我父母的婚礼蛋糕。那种我的母亲和父亲曾浪漫、感恩地拥有彼此的感觉——他是从加拿大军队面对过的一些最猛烈的战斗中幸存下来的——是家中的一种虔诚存在,少数几种无特别用处但可以占据家中每个人的存在之一,一种无情的实用性中的奢侈品和慰藉。不过,他们的婚姻还是经历过自己的动荡时刻。最严重的一次发生在我两岁时,那时我弟弟刚刚出生。我们住在里贾纳市西北的亚历桑德拉街,在城市边缘,与通向加拿大国铁铁路线的马路相交,

---

① 参阅《即便语词之光》一诗注释。

这条铁路线将货物运到南萨斯卡川再运回谷物、牲口和奶油。沿铁道两侧有"避难所"，是些单间小屋，无隔热的窝棚，我们的邻居，通常是越南人和他们的妻儿住在里面；他们从公共水龙头取水，水龙头在我们两户之隔后的街区尾端；那个"靠女人养活的男人"每周清空一次户外卫生间的便桶。我们住在街上少数几所永久性的房子里，那是种只有一间卧室结构的建筑，没有水管设施，用煤采暖；我祖母睡在客厅的长沙发上，我父母、弟弟和我占据了卧室。延伸到瓦斯卡纳溪谷的开阔草原从我们的后巷向外铺展开去；向西一英里是"白象"本森中学，一座巨大、美观的砖结构建筑，那时空空地矗立着；人们认为，这座城市永远不会大到需要它。

一天下午母亲花了一百加元从一个上门推销员那里买了一套百科全书。父亲下班回来大发雷霆——这价格震惊了他；这行为给他的印象是昏了头的轻率。母亲分辨道她与推销员商定的是由她自己分期付款购买该书；这些书是为了孩子们的将来；她只读到了八年级——我弟弟和我会做得更好。诸如此类。什么理由也不能缓解我父亲的愤怒，于是母亲退缩到了门外，在那儿度过了一天里剩下的时间，门被闩上了，她的婆婆站在外面设法安慰她。我至今保存着这些书，家庭图书馆的全部，在1949年，它们看上去满载着这个世界的知识——电动打字机，特鲁克群岛，哈里·杜鲁门。

❖

那种能碾碎言说的沉默对一个作家来说可以是仁慈的，如果他砥砺反抗它：幸运或自然都不会放语言到他体内；他必须自己寻找它，而当他找到，它会是一个新大陆。你的嘴可以完全停下，但那只是在你使自己害怕了的情况下。如果你只是有点怕，你会满足于平庸。危险处处存在，有许多都会堵塞言说，北美城郊文化同基因的功利主义在这些黑暗力量中位列第一：在这文化的脸面上做一个诗人看上去是滑稽、做作、漫不经心的蠢材的工作；它会使你被社会开除。因为我在其中长大的文化和阶层，愧疚的沉默常常似乎是我天然的状态。对我来说，夸夸其谈、长篇大论、具魔力的话语总是在趋近犯罪行为。所以我曾想如果你竟然要说，就带上所有你能够聚拢来的宏大——偷来"大"去说吧。在某一时刻，我认识到我在学校里习得的东西只有少量具有真价值，这种学习中的那一部分，欧洲启蒙运动思想财富的传授，用意是使我安分守己。我逐渐变得不信任那些教给我的东西，而决定为自己去弄明白哲学、内在性、诗歌、宗教等事物。后来我完成了大量的学校课业，但我始终认为自己是一个自学者。如果没能击败你，沉默会向你打开大门。毕达哥拉斯考验其学派候选者的方式是强制他们保持五年的无言：只有在那之后他们才能开始关于宇宙的学习，它的秩序，它的美。

圣托马斯·阿奎那①，追随亚里士多德，说到使某物

---

① St. Thomas Aquinas（1225—1274），圣托马斯·阿奎那，中世纪神学家、哲学家，天主教会尊奉其为历史上最伟大的神学家，35位教会圣师之一。他将理性引入神学，用"自然法则"来论证"君权神授"说，是自然神学最早的提倡者之一，也是托马斯哲学学派的创立者，成为天主教长期以来研究哲学的重要依据。他最知名的著作是《神学大全》。

是某物,而非他物的是形式因;一把椅子是一把椅子,因为它"参与"到了椅子性的某些普遍本质中。形式将一物从其他现实中区分出来时,赋予该物以身份;此乃个体性之源头,也是某一特定种类事物具有同一性的原因。约翰·敦司·司各特①,步阿奎那之后,对这种个体性的解释抗辩道——如果形式因单独使一具体的事物与另一事物区别开来,那它就以这身份性的形式因具有了区别于他物的能力,因而作为一个个体是不可知的,对即便无限心灵来说。司各特提出了一个高于亚里士多德之形式的特质,个体性或曰"此"性——经由它一事物与所有他物区分开来,即使那些最像它的。我们最好不将"此"性视作特点:为那种某一特定的椅子或树所拥有的,或某支唯我的幽灵鹿角,而将它视作一事物的能力,可能单纯就是它之多样性的全副羽披,以唤醒人之敬畏。吓人一跳的惊异外观,被这特定的树所囚固住的存在,就是树的终极形式,它不与任何他物所分享的特质。这是对存在之共生关系的人类贡献,这是我们版本的蜜蜂参与传粉受精、森林吸收二氧化碳。这一观看,艰苦地看,规定了"此"性,因此使一事物完整,同时实现心智和世界的结合。此性:冥想者和诗人之所关切,那些被眼睛巡视的东西,和它们的中枢政治。

---

① John Duns Scotus(1265 或 1266—1308),约翰·敦司·司各特,有汉译名之为董思高,出生于苏格兰敦司城,中世纪盛期最重要、最有影响力的神学家、哲学家之一。他习惯在神学论题上作缜密的解析,时人称之为"精细博士"。

❖

在十七年的缺席之后我于 1990 年夏天回到了萨斯卡川：1978 年，我加入了耶稣会，先是在非洲度过了两三年，然后是在圭尔夫市的两年初学期，又有两年在美国斯波坎学习哲学，在那里除了完成研究新托马斯主义者伯纳德·朗尼根（Bernard Lonergan）的硕士论文，我还和几位美好的女性一起打扫贫民区房间，认识了一些住在酒吧和当铺里的男人。在 1980 年代末，我离开了学院制度，在安大略省的伊罗拉镇附近一个羊乳品场里做了几年牧羊人，同时做些教学工作。我那时的女友得到了萨斯卡川大学的一份工作，我于是跟着她到了萨斯卡通市；我们买了处房子，在城市的西南部着陆、入住了。我在圣彼得学院，一所本笃会学校里教几个班级，学校距住所以东一个半小时车程远。

我发现再次居住在萨斯卡川的头几年感觉令人惊异地奇怪：不仅仅是我感觉不到根在那里，欧洲移民在那地方建起的一切——教堂、博物馆，诸如此类——看上去都像是临时的、不固定的。没有任何东西显得是从那地方的心中长出来的；也没有任何东西看似知道那儿曾有一个大地之心（telluric heart）这样的东西。克里人是此地土著，这毫无疑问，但我明确地不是，也没有感觉到当我的人民定居在这片大草原上时，他们以难以置信的努力构建过任何一种合成文化；而我不知道我怎样才能发展出这个"出自我所在处"的特性，只有拥有这特性才能减少我的疏离感，而我同样不知道谁将会教给我。

我疑心可能这种无根的感觉是无法治愈的，因为当我思考此事，我发现那些像我一样的人们，迁徙到北美的欧洲人，他们最爱的东西在生长：那种我们比自然更优越的笛卡尔主义的确信；我们的功利主义的条约；我们对分析理性英雄主义的忠贞；我们对闲散无事的拒绝。

❖

我怎能在云层之上书写

我怎能在云层之上写我的
　　人民约书？
他们遗时间在身后
如同人们遗大衣在家中。
他们建起堡垒，又拆毁它，搭起
　　帐篷在地基之上
瞥一眼棕榈树，他们思乡。

我的人民互相背叛
在保卫盐的战争中。
但格拉纳达是金子，
杏仁织就的词语丝般光滑，
鲁特琴弦上，泪滴的银光闪烁。

格拉纳达便是自己的法律,
自豪地变作所有她所意欲,
她恋慕一切
过往或正在逝去。

若燕子的翅膀掠过床帏间妇女的胸,
她尖叫"格拉纳达是我的身体!"
倘有人在绿茵牧场失却瞪羚
他高喊"格拉纳达是我的土地。是我来之所!"
唱吧,金翅雀因而能从我的肋骨上
搭建通天堂之梯!
爱人街巷里,一个月亮接一个月亮地唱
那迎接死亡的男人骑士精神
一块石头接一块石头地唱那花园雀鸟
哦,我多么爱你,那在去往
她的火热夜晚的道路上
一块肌肉一块肌肉削减我的人。
唱吧,"自你离去

　　　清晨新鲜沏好的咖啡再无香味。"
唱我从你膝上
咕咕哀鸣的鸽子中的迁飞
从你流动名字之字母的
精神窠巢中的迁徙。

格拉纳达是歌。

所以，唱吧！

——马哈茂德·达尔维什
《最后一片安达卢西亚天空里的十一颗星》①

  一个人有可能会对从未居住过的某地患上怀乡病。也有可能会有一种记忆：对从未存在过的时光，居住于安达卢西亚的时光，形成一种巨大的、牵动着所有欲望的记忆。我认为巴勒斯坦诗人马哈茂德·达尔维什（Mahmoud Darwish）从未在安达卢西亚居住过，那西班牙最南端地区，加西亚·洛尔迦（Garcia Lorca）的故乡，十七世纪时穆斯林们被从那里驱逐出去，欧洲被剥夺了伊斯兰智慧的光辉。达尔维什对那地方和格拉纳达，它的首府、它的全部、它的形成之思慕，和我的渴望相像，我对西部加拿大平原、山川那固执的、异想天开的渴望。心之所欲、之所欲归处，是它记得但从未拥有过的居所：这种被铭记，牵引向家的地方亦居于哲学中，在那里它有一个古老的宇宙论的名字：万有回归（apokatastasis），万物的回复其位。但是我之隐痛也相当不同于达尔维什的，虽然它也是为一种夸张的结合而痛：我的痛是一种胜利者倦于啃噬他和他的人民所征服的土地战利品的痛，因为那征服不会让人想起任何一个他的名字，那一切拒绝去适应他的手、他的眼。但我的人民终将来到一个是家的

---

  ① 诗人使用的英译出自达尔维什英语诗选《不幸地，它曾是天堂》（*Unfortunately, It was Paradise*），加利福尼亚大学出版社，2003。

地方，一个他们从未阴暗地居住在那里的地方，从他们自己造成的流放中归来，但是我猜想这归来将颇费时日。

知识有事实之积聚的知识，还有可靠主观性的知识：如果诗歌全然具有智力的雄心，它便取决于后者。你能够完全不追求理解地读一首诗；这样做时，你必须首先战胜对意义的嗜甜。你可以带着情欲的被动性来读，让自己被音乐性的力量神蚀雕琢。在这里叙事力量弱于音乐、弱于逆向照应。

虽然我承认诗与冥想的意图是分岔的，但诗歌仍然以其宗教性事业的身份冲击着我，无论是写还是读，因为它是一种倾听内部事物的努力，它试图"听"到玄武石内隐、深藏的鸣叫和山岳：结果是，它始终向着出神（ekstasis）而去，一种令人困惑、略微打破平衡，然而生机勃勃的从一个人自己中的放逐。与此同时绝大多数的诗人都拥有一个自我的大群落，他们在他者中实行建造家园的行为证明了他们的利他性：如果我们中的一人旅行至石头、河流的隔离世界，然后我们全体都通过这种神秘诠释的阅读照做了一遍。这意味着诗，就它是情欲的、宗教的而言，就它追随进入事物的欲望、在事物内里倾听而言，它是政治的：一个人经由被深化了的主体性进入到那个唯一值得信赖的政治中。

特德·休斯（Ted Hughes）将喀巴拉派（Kabbalists）的"生命树"（Tree of Life）描述为"宇宙的巢状嵌套层级制

度——换句话说便是一种组织心理的方式：将可知世界内在化为通往上帝的阶梯。"对我来说，这是一个强效的、校正的存在论地图。走萨斯卡通南部的219号公路，经过拐向小红莓浅滩和比弗河的转弯进入沙丘地带，然后经过白帽保留地和红宝石玫瑰谷社团牧场；你会在与15号公路汇合之前离开树林；朝迪芬贝克湖右转；很快弗米利恩山的轮廓就会进入视野。几英里后你就会身在环绕艾波湖的浆果和鹿的国度里，好走的路，但它们不是你今天的目的；你开车下行于卡佩勒谷地，向上出其地，是老鹰岩群，然后在你右边，你看到了布特中心镇的墓地。只要再拐一个弯，你就会发现你身在雷霆溪谷地高大的两侧绿岸中；停下你的拖车，向东步行，沿着一条废弃的铁路线，追步河水的涌流。雷霆溪最后汇流进穆斯佐河，稍后倾入卡佩勒河，但那不关你的事，因为你将止步于凯特尔哈特湿地，溪流在此停步逗留、䴙䴘于彼处垒巢筑窝。不消说，无人到此，虽然在东北方向的圆丘上有一农场——他们把旧车、旧机器推放在河谷口处；一株白杨静立，已捕获如许多垃圾；当然，还有农场房屋，面朝大路、村镇。

2002年，我们在萨斯卡通南部湿地发现了中等大小的葡萄，这以其颇不寻常震惊了我，因为在那干旱之年别的地方没有结任何浆果。我们摘了三四冷藏箱的量，留了八倍的量在灌木丛里。今年也许值得再回那里一趟，看看那块地里的产量如何。去年枝头所结很好，可谁知道今年七月那里会怎样呢。

对那些自己不能够言说但外显为世界的事物，诗具有一种保真度。诗无法让它们的眼睛离开符号。诗效忠于这些事物演出之前的一种戒备状态的闲适；诗是在深处歌吟的世界。

我猜想某种对话将会于未来某时在西部加拿大发生，对话一方是在过去两百年间已将自己从废墟中掘出的克里人和其他部族，另一方是一小批已走下自己传统的陡峭阶梯、弄明白了什么是真正价值的白人。一方将说这是我们的故事，另一方说这是我们的歌，这些，是我们的人民定居山岭的路。双方都将被听到，准备拴为一体。克里人和其他部族现在正在他们自己人中谈论、建设着，而我们，此刻，尚没有人准备好了；仍有太多的工作需要去做。我建议这谈话就在阿尔伯塔省弗米利恩北部，朝向（梅蒂斯人的）圣保罗的杨树林中，那地方靠近巨大的、林木覆盖的山丘，从那里可以右拐去圣博莱德和鞍湖保留区。我们将拭目以待。如果能携死者同往——我想象他们会以某种方式在那儿的——我要带上乔治·格兰特①、西蒙娜·薇依②和我的叔叔杰克；我会竖块圆木给伊维利亚③坐，再给阿维拉的泰瑞莎④准备一

---

① George Grant (1918—1988)，乔治·格兰特，加拿大最有影响的哲学家和政治理论家之一。最知名的是《哀悼一个国家》(1965) 一书。

② Simone Weil (1909—1943)，西蒙娜·薇依，法国神秘主义者、社会哲学家、作家，二战法国抵抗运动时期活动家。她身后结集发表的诸多著作对法国社会思潮产生了特殊影响。其全集由伽利玛出版社于 1997 年校勘出版。

③ Evagrius (346—399)，伊维利亚·彭迪谷，四世纪沙漠教父，基督教神秘主义者、作家。他的默观祈祷和苦行主义的神学理论为东西方教会共同的精神生活传统奠定了基础。

④ 参阅《这样，那么》一诗注释。

块。我们安坐,生起火堆;爱留根纳①会出现,我们翻出一些食物。旋即草中骚动,是白杨新枝轻柔刮擦金属声,我们抬起头,会看到一个像老乔主教的人或某个图图西斯②从他的半吨卡车车轮后闪身出来,走向我们,有八九个人在他身后,面目黑沉,因为灯灭了。

---

① 参阅《即便语词之光》一诗注释。
② Tootoosises(1941—2011),高登·图图西斯,加拿大演员,克里族和斯通尼族裔。出演过多种令人印象深刻的角色,如《燃情岁月》中的"一刀",《西部风云》中的拉科塔老巫医"哮熊"等。

图书在版编目(CIP)数据

利尔本诗选/(加)蒂姆·利尔本著;赵四译.--上海:华东师范大学出版社,2021

(荷马奖章桂冠诗人译丛)
ISBN 978-7-5760-2210-0

Ⅰ.①利… Ⅱ.①蒂… ②赵… Ⅲ.①诗集—加拿大—现代 Ⅳ.①I711.25

中国版本图书馆 CIP 数据核字(2021)第 213484 号

华东师范大学出版社六点分社
企划人 倪为国

本书著作权、版式和装帧设计受世界版权公约和中华人民共和国著作权法保护

Selected Poems of Tim Lilburn
by Tim Lilburn
Copyright © Tim Lilburn
Simplified Chinese Translation Copyright © 2021 by East China Normal University Press Ltd
All rights reserved
上海市版权局著作权合同登记　图字:09-2020-123 号

荷马奖章桂冠诗人译丛
利尔本诗选

著　　者	[加]蒂姆·利尔本
译　　者	赵　四
责任编辑	倪为国　古　冈
责任校对	王寅军
封面设计	夏艺堂

出版发行	华东师范大学出版社
社　　址	上海市中山北路 3663 号　邮编　200062
网　　址	www.ecnupress.com.cn
电　　话	021-60821666　行政传真　021-62572105
客服电话	021-62865537　门市(邮购)电话　021-62869887
地　　址	上海市中山北路 3663 号华东师范大学校内先锋路口
网　　店	http://hdsdcbs.tmall.com

印　刷　者	上海盛隆印务有限公司
开　　本	890×1240　1/32
插　　页	1
印　　张	9
版　　次	2021 年 12 月第 1 版
印　　次	2021 年 12 月第 1 次
书　　号	ISBN 978-7-5760-2210-0
定　　价	78.00 元

出 版 人　王　焰

(如发现本版图书有印订质量问题,请寄回本社客服中心调换或电话 021-62865537 联系)